OUTROS ESCRITOS

OBRAS DE CLARICE LISPECTOR

Perto do coração selvagem, romance
O lustre, romance
A cidade sitiada, romance
A maçã no escuro, romance
A paixão segundo G.H., romance
Uma aprendizagem ou O livro dos prazeres, romance
Água viva, romance
Um sopro de vida, romance
A hora da estrela, novela
A hora da estrela, edição especial com audiolivro
A bela e a fera, contos
Laços de família, contos
A legião estrangeira, contos
Felicidade clandestina, contos
Onde estivestes de noite, contos
A via crucis do corpo, contos
Para não esquecer, crônicas
A descoberta do mundo, crônicas
Aprendendo a viver, imagens
Aprendendo a viver, crônicas
Só para mulheres, crônicas
Correio feminino, crônicas
Outros escritos, diversos
Correspondências, cartas
Entrevistas
Minhas queridas, cartas
Clarice na cabeceira – contos
Clarice na cabeceira – romances
Clarice na cabeceira – crônicas
O mistério do coelho pensante, infantil
A mulher que matou os peixes, infantil
A vida íntima de Laura, infantil
Quase de verdade, infantil
Como nasceram as estrelas, infantil

CLARICE LISPECTOR

OUTROS ESCRITOS

ORGANIZAÇÃO
Teresa Montero
e Lícia Manzo

Rocco

EDITORA ROCCO LTDA.
Av. Presidente Wilson, 231 – 8º andar
20030-021 – Rio de Janeiro, RJ
Tel.: (21) 3525-2000 – Fax: (21) 3525-2001
rocco@rocco.com.br
www.rocco.com.br

Printed in Brazil/Impresso no Brasil

CIP-Brasil. Catalogação na fonte.
Sindicato Nacional dos Editores de Livros, RJ.

L753o
Lispector, Clarice, 1920-1977.
Outros escritos/Clarice Lispector; organização de Teresa Montero
e Lícia Manzo. – Rio de Janeiro: Rocco, 2005.

ISBN 85-325-2896-6

1. Lispector, Clarice, 1920-1977 – Coletânea. I. Montero, Teresa,
1964-. II. Manzo, Lícia. III. Título.

05-1373 CDD – 869.98 CDU – 821.134.3(81)-8

O texto deste livro obedece às normas
do Acordo Ortográfico da Língua Portuguesa

"... Por que livrar-se do que se amontoa, como em todas as casas, no fundo das gavetas? Vide Manuel Bandeira: para que ela me encontre com 'a casa limpa, a mesa posta, com cada coisa em seu lugar'? (...) Além do mais, o que obviamente não presta sempre me interessou muito. Gosto de um modo carinhoso do inacabado, do malfeito, daquilo que desajeitadamente tenta um pequeno voo e cai sem graça no chão."

CLARICE LISPECTOR,
em *A legião estrangeira*

APRESENTAÇÃO

Outros escritos *traz ao público diversos escritos inéditos de Clarice Lispector. Mas, desta vez, eles não se encontram assinados pela escritora consagrada; e sim pela escritora iniciante, pela jornalista, pela estudante de direito, pela colunista feminina, pela dramaturga, pela mãe, pela conferencista e ensaísta Clarice Lispector.*

Outros escritos *apresenta ainda um importante depoimento, o mais longo e completo que Clarice jamais concedeu, no qual ela percorre cada um desses momentos: de seus primeiros escritos à conferência onde analisava sua própria produção literária; das reportagens e artigos femininos, produzidos como forma de sustento, às anotações de mãe, realizadas para o seu prazer pessoal.*

Clarice Lispector sempre reconheceu o fragmento, a anotação dispersa, o "fundo de gaveta" como parte essencial e indissociável de sua produção literária. Era a partir de seus apontamentos, num primeiro momento desconexos, que ela costumava extrair posteriormente uma unidade, transformando-os numa obra pronta e acabada. Outros escritos *obedece ao mesmo critério e, ao agrupar cada uma dessas "clarices" dispersas e fragmentadas, é impossível não observar uma unidade conectando-as umas às outras. Cada escrito de Clarice parece marcado pelo mesmo olhar sensível, singular e feroz da mulher e criadora que, tantas vezes sozinha, caminhou à frente de seu tempo.*

CAPÍTULO 1

CLARICE ESCRITORA INICIANTE

Clarice Lispector estreou oficialmente na literatura aos 23 anos, com a publicação de Perto do coração selvagem, *em 1943. Mas sua produção literária na verdade havia começado há mais tempo, com dezesseis contos publicados em jornais e revistas, e mesmo com alguns escritos nunca editados.*

"Desde os sete anos eu já fabulava", rememora Clarice em um de seus depoimentos. Ela recorda o momento em que, ainda menina, lhe foi revelado que livro não era "como árvore, como bicho, coisa que nasce. Maravilhada, ela descobre que havia um autor por trás de tudo, e decide: eu também quero".

Passa a escrever então alguns contos, que envia regularmente para o Diário de Pernambuco, *um periódico que publicava, às quintas-feiras, histórias escritas por crianças. Mas seus contos nunca seriam selecionados: "Os outros diziam assim: era uma vez, e isso e aquilo... e os meus eram sensações."*

Aos nove anos, inspirada por uma apresentação de teatro que acabara de assistir, escreve, em três folhas de caderno, uma peça em três atos, intitulada Pobre menina rica. *Dessa vez, entretanto, não pensa em publicar o trabalho e esconde-o atrás da estante, rasgando-o em seguida, segundo ela: "Porque tinha vergonha de escrever."*

É somente no ano de 1940, quando ingressa no jornalismo, que Clarice se decide a partir novamente em busca de quem se dispusesse a editar seus trabalhos. Trabalhando na Agência Nacional, passa a publicar alguns de seus contos em diversos periódicos, principalmente, na revista Vamos Lêr!.

Na mesma época, envia um volume de contos para um concurso da Editora José Olympio. Mas Clarice descobre posteriormente que o livro não chegara até a editora e, deste modo, os contos ficam fora da premiação e permanecem inéditos até 1978, ano em que são publicados postumamente na antologia A bela e a fera *(com exceção do conto "Mocinha", publicado em jornal em setembro de 1941 e inserido por Clarice em* A legião estrangeira*, em 1964, sob o título de "Viagem a Petrópolis").*

Na verdade, Clarice cogitara publicar estes primeiros escritos ainda na década de setenta, mas suprimira dos originais alguns deles ("Mingu"; "Diário de uma mulher insone"; "A crise"; "Muito feliz") e, sendo assim, estes contos se perdem para sempre. O escritor Affonso Romano de Sant'Anna recorda-se que eles haviam sido arrancados quando Clarice lhe envia uma cópia datilografada, pedindo seu parecer sobre uma possível publicação.

Na presente edição encontram-se reunidos quatro contos inéditos de Clarice Lispector: "O triunfo", primeiro texto de sua autoria a ser publicado, em 25 de maio de 1940, no periódico Pan*; "Eu e Jimmy" (10 de outubro de 1940) e "Trecho" (9 de janeiro de 1941), ambos em* Vamos Lêr!*; e "Cartas a Hermengardo" (30 de agosto de 1941), publicado na revista* Dom Casmurro.

Nos quatro contos, o tom intimista, confessional e subjetivo que marcaria sua obra já se encontra presente; assim como é possível observar em cada um deles a construção de personagens femininas que anseiam por liberdade e autonomia, num mundo ainda predominantemente criado por e para os homens.

O TRIUNFO*

O relógio bate 9 horas. Uma pancada alta, sonora, seguida de uma badalada suave, um eco. Depois, o silêncio. A clara mancha de sol se estende aos poucos pela relva do jardim. Vem subindo pelo muro vermelho da casa, fazendo brilhar a trepadeira em mil luzes de orvalho. Encontra uma abertura, a janela. Penetra. E apodera-se de repente do aposento, burlando a vigilância da cortina leve.

Luísa continua imóvel, estendida sobre os lençóis revoltos, os cabelos espalhados no travesseiro. Um braço cá, outro lá, crucificada pela lassidão. O calor do sol e sua claridade enchem o quarto. Luísa pestaneja. Franze as sobrancelhas. Faz um trejeito com a boca. Abre os olhos, finalmente, e deixa-os parados no teto. Aos poucos o dia vai-lhe entrando pelo corpo. Ouve um ruído de folhas secas pisadas. Passos longínquos, miúdos e apressados. Uma criança corre na estrada, pensa. De novo, o silêncio. Diverte-se um momento escutando-o. É absoluto, como de morte. Naturalmente porque a casa é retirada, bem isolada. Mas... e aqueles ruídos familiares de toda manhã? Um soar de passos, risadas, tilintar de louças que anunciam o nascimento do dia em sua casa? Lentamente vem-lhe à cabeça a ideia de que sabe a razão do silêncio. Afasta-a, contudo, com obstinação.

De repente seus olhos crescem. Luísa acha-se sentada na cama, com um estremecimento por todo o corpo. Olha com os

* *Pan*, Rio de Janeiro, n.º 227, 25 de maio de 1940, pp. 11/13.

olhos, com a cabeça, com todos os nervos, a outra cama do aposento. Está vazia.

Levanta o travesseiro verticalmente, encosta-se a ele, a cabeça inclinada, os olhos cerrados.

É verdade, então. Rememora a tarde anterior e a noite, a atormentada e longa noite que se seguira e se prolongara até a madrugada. Ele foi embora, ontem à tarde. Levou consigo as malas, as malas que há duas semanas apenas tinham vindo festivas com letreiros de Paris, Milão. Levou também o criado que viera com eles. O silêncio da casa estava explicado. Ela estava só, desde a sua partida. Tinham brigado. Ela, calada, defronte dele. Ele, o intelectual fino e superior, vociferando, acusando-a, apontando-a com o dedo. E aquela sensação já experimentada das outras vezes em que brigavam: se ele for embora, eu morro, eu morro. Ouvia ainda suas palavras.

"– Você, você me prende, me aniquila! Guarde seu amor, dê-o a quem quiser, a quem não tiver o que fazer! Entende? Sim! Desde que a conheço nada mais produzo! Sinto-me acorrentado. Acorrentado a seus cuidados, a suas carícias, ao seu zelo excessivo, a você mesma! Abomino-a! Pense bem, abomino-a! Eu..."

Essas explosões eram frequentes. Havia sempre a ameaça de sua partida. Luísa, a essa palavra, se transformava. Ela, tão cheia de dignidade, tão irônica e segura de si, suplicara-lhe que ficasse, com tal palidez e loucura no rosto, que das outras vezes ele acedera. E a felicidade invadia-a tão intensa e clara, que a recompensava do que nunca imaginava fosse uma humilhação, mas que ele lho fazia enxergar com argumentos irônicos, que ela nem ouvia. Dessa vez ele zangara, como das outras, quase sem motivo. Luísa interrompera-o, dizia ele, no momento em que uma nova ideia brotava, luminosa, em seu cérebro. Cortara-lhe a inspiração no instante exato em que ela nascia, com uma frase tola sobre o tempo, e terminando com um detestável: "não é, querido?" Disse que precisava de condições próprias para produzir, para continuar seu romance, ceifado logo de início por uma incapacidade absoluta de se concentrar. Fora embora para onde encontrasse "o ambiente".

E a casa ficara em silêncio. Ela parada no quarto, como se tivessem extraído de seu corpo toda a alma. Esperando vê-lo surgir de volta, enquadrar-se na moldura da porta o seu vulto viril. Ouvi-lo-ia dizer, os largos ombros amados estremecendo num riso, que tudo não passava de uma brincadeira, de uma experiência para inserir numa página do livro.

Mas o silêncio se prolongara infinitamente, rasgado apenas pelo sussurro monótono da cigarra. A noite sem lua invadira aos poucos o aposento. A aragem fresca de junho fazia-a estremecer.

"Ele foi embora", pensou. "Ele foi embora." Nunca lhe parecera tão cheia de sentido essa expressão, embora a tivesse lido antes muitas vezes nos romances de amor. "Ele foi embora" não era tão simples. Arrastava consigo um vácuo imenso na cabeça e no peito. Se aí batessem, imaginava, soaria metálico. Como viveria agora? Perguntava-se subitamente, com uma calma exagerada, como se se tratasse de qualquer coisa neutra. Repetia, repetia sempre: e agora? Percorreu os olhos pelo quarto em trevas. Torceu o comutador, procurou a roupa, o livro de cabeceira, os vestígios dele. Nada ficara. Assustou-se. "Ele foi embora."

Revolvera-se na cama horas e horas e o sono não viera. Pela madrugada, amolecida pela vigília e pela dor, os olhos ardentes, a cabeça pesada, caiu numa meia inconsciência. Nem a cabeça deixou de trabalhar, imagens, as mais loucas, chegavam-lhe à mente, apenas esboçadas e já fugidias.

Soam 11 horas, compridas e descansadas. Um pássaro dá um grito agudo. Tudo imobilizou-se desde ontem, pensa Luísa. Continua sentada na cama, estupidamente, sem saber o que faça. Fixa os olhos numa marinha, em cores frescas. Nunca vira água com tal impressão de liquidez e mobilidade. Nem nunca notara o quadro. De repente, como um dardo, ferindo agudo e profundo: "Ele foi embora." Não, é mentira! Levanta-se. Com certeza ele zangou-se e foi dormir no aposento contíguo. Corre, empurra sua porta. Vazio.

Vai à mesa onde ele trabalhava, remexe febrilmente os jornais abandonados. Talvez tenha deixado algum bilhete, dizendo, por exemplo: "Apesar de tudo, eu te amo. Volto amanhã." Não, hoje mesmo! Acha apenas uma folha de papel de seu bloco de notas. Vira-a. "Estou sentado há duas horas seguramente e não consegui ainda fixar a atenção. Mas, ao mesmo tempo, não a fixo em coisa alguma ao meu redor. Ela tem asas, mas em parte alguma pousa. Não consigo escrever. Não consigo escrever. Com estas palavras arranho uma chaga. Minha mediocridade está tão..." Luísa interrompe a leitura. O que ela sempre sentira, vagamente apenas: mediocridade. Fica absorta. E ele sabia-o, então? Que impressão de fraqueza, de pusilanimidade, naquele simples papel... Jorge..., murmura debilmente. Quisera não ter lido aquela confissão. Apoia-se à parede. Silenciosamente chora. Chora até sentir-se lassa.

Vai até a pia e molha o rosto. Sensação de frescura, desafogo. Está despertando. Anima-se. Trança os cabelos, prende-os para cima. Esfrega o rosto com sabão, até sentir a pele esticada, brilhante. Olha-se no espelho e parece uma colegial. Procura o batom, mas lembra-se a tempo de que não é mais necessário.

A sala de jantar estava às escuras, úmida e abafada. Abre as janelas de uma vez. E a claridade penetra num ímpeto. O ar novo entra rápido, toca em tudo, acena a cortina clara. Parece que até o relógio bate mais vigorosamente. Luísa queda-se ligeiramente surpresa. Há tanto encanto nesse aposento alegre. Nessas coisas de súbito aclaradas e revivescidas. Inclina-se pela janela. Na sombra dessas árvores em alameda, terminando lá ao longe na estrada vermelha de barro... Na verdade nada disso notara. Sempre vivera ali com ele. Ele era tudo. Só ele existia. Ele tinha ido embora. E as coisas não estavam de todo destituídas de encanto. Tinham vida própria. Luísa passou a mão pela testa, queria afastar os pensamentos. Com ele aprendera a tortura (sic) as ideias, aprofundando-as nas menores partículas.

Preparou café e tomou-o. E como nada tivesse para fazer e temesse pensar, pegou umas peças de roupa estendidas para a lavagem e foi para o fundo do quintal, onde havia um grande tanque. Arregaçou as mangas e as calças do pijama e começou a esfregá-las com sabão. Assim inclinada, movendo os braços com veemência, o lábio inferior mordido no esforço, o sangue pulsando-lhe forte no corpo, surpreendeu a si mesma. Parou, desfranziu a testa e ficou olhando para a frente. Ela, tão espiritualizada pela companhia daquele homem... Pareceu-lhe ouvir seu riso irônico, citando Shopenhauer, Platão, que pensaram e pensaram... Uma brisa doce arrepiou-lhe os fiozinhos da nuca, secou-lhe a espuma nos dedos.

Luísa terminou a tarefa. Recendia toda ao cheiro áspero e simples do sabão. O trabalho fizera-lhe calor. Olhou a torneira grande, jorrando água límpida. Sentia um calor... Subitamente surgiu-lhe uma ideia. Tirou a roupa, abriu a torneira até o fim, e a água gelada correu-lhe pelo corpo, arrancando-lhe um grito de frio. Aquele banho improvisado fazia-a rir de prazer. De sua banheira abrangia uma vista maravilhosa, sob um sol já ardente. Um momento ficou séria, imóvel. O romance inacabado, a confissão achada. Ficou absorta, uma ruga na testa e no canto dos lábios. A confissão. Mas a água escorria gelada sobre seu corpo e reclamava ruidosamente sua atenção. Um calor bom já circulava em suas veias. De repente, teve um sorriso, um pensamento. Ele voltaria. Ele voltaria. Olhou em torno de si a manhã perfeita, respirando profundamente e sentindo, quase com orgulho, o coração bater cadenciado e cheio de vida. Um morno raio de sol envolveu-a. Riu. Ele voltaria, porque ela era a mais forte.

EU E JIMMY*

Lembro-me ainda de Jimmy, aquele rapaz de cabelos castanhos e despenteados, encobrindo um crânio alongado de rebelde nato.

Lembro-me de Jimmy, de seus cabelos e de suas ideias. Jimmy achava que nada existe de tão bom quanto a natureza. Que se duas pessoas se gostam nada há a fazer senão amarem-se, simplesmente. Que tudo o mais, nos homens, que se afasta dessa simplicidade de princípio de mundo, é cabotinismo, e espuma. Se essas ideias partissem de outra cabeça, eu não toleraria ouvi-las sequer. Mas havia a desculpa do crânio de Jimmy e havia sobretudo a desculpa de seus dentes claros e de seu sorriso limpo de animal contente.

Jimmy andava de cabeça erguida, o nariz espetado no ar, e, ao atravessar a rua, pegava-me pelo braço com uma intimidade muito simples. Eu me perturbava. Mas a prova de que eu já estava nesse tempo imbuída das ideias de Jimmy e sobretudo do seu sorriso claro, é que eu me repreendia essa perturbação. Pensava, descontente, que evoluíra demais, afastando-me do tipo padrão – animal. Dizia-me que é fútil corar por causa de um braço; nem mesmo de um braço de uma roupa. Mas esses pensamentos eram difusos e se apresentavam com a incoerência que transmito agora ao papel. Na verdade, eu apenas procurava uma desculpa para

* *Folha de Minas*. Belo Horizonte, 24 de dezembro de 1944 – conto antigo reproduzido no jornal sem autorização da autora.

gostar de Jimmy. E para seguir suas ideias. Aos poucos estava me adaptando à sua cabeça alongada. Que podia eu fazer, afinal? Desde pequena tinha visto e sentido a predominância das ideias dos homens sobre a das mulheres. Mamãe antes de casar, segundo tia Emília, era um foguete, uma ruiva tempestuosa, com pensamentos próprios sobre liberdade e igualdade das mulheres. Mas veio papai, muito sério e alto, com pensamentos próprios também, sobre... liberdade e igualdade das mulheres. O mal foi a coincidência de matéria. Houve um choque. E hoje mamãe cose e borda e canta no piano e faz bolinhos aos sábados, tudo pontualmente e com alegria. Tem ideias próprias, ainda, mas se resumem numa: a mulher deve sempre seguir o marido, como a parte acessória segue a essencial (a comparação é minha, resultado das aulas do Curso de Direito).

Por isso e por Jimmy, eu também me tornei aos poucos natural.

E foi assim que um belo dia, depois de uma noite quente de verão, em que dormi tanto como nesse momento em que escrevo (são os antecedentes do crime), nesse belo dia Jimmy me deu um beijo. Eu previra essa situação, com todas as variantes. Desapontou-me, é verdade. Ora, "isso" depois de tanta filosofia e delongas! Mas gostei. E daí em diante dormi descansada; não precisava mais sonhar.

Encontrava-me com Jimmy na esquina. Muito simplesmente dava-lhe o braço. E mais tarde, muito simplesmente acariciava-lhe os cabelos despenteados. Eu sentia que Jimmy estava maravilhado com o meu aproveitamento. Suas lições haviam produzido um efeito raro e a aluna era aplicada. Foi um tempo feliz.

Depois fizemos exames. Aqui começa a história propriamente dita.

Um dos examinadores tinha olhos suaves e profundos. As mãos muito bonitas; morenas.

(Jimmy era claro como um bebê.) Quando me falava, sua voz tornava-se misteriosamente áspera e morna. E eu fazia um esforço enorme para não fechar os olhos e não morrer de alegria.

Não houve lutas íntimas. Dormi (sic) pertrava-me com o examinador à tarde, às seis horas. E encantava-me sua voz, falando-me de ideias absolutamente não jimiescas. Tudo isso envolvido de crepúsculo, no jardim silencioso e frio.

Era eu então absolutamente feliz. Quanto a Jimmy continuava despenteado e com o mesmo sorriso que me esquecera de esclarecer a Jimmy a nova situação.

Um dia, perguntou-me por que andava eu tão diferente. Respondi-lhe risonha, empregando os termos de Hegel, ouvidos pela boca do meu examinador. Disse-lhe que o primitivo equilíbrio tinha-se rompido e formara-se um novo, com outra base. É inútil dizer que Jimmy não entendeu nada, porque Hegel era um ponto do fim do programa e nós nunca chegamos até lá. Expliquei-lhe então que estava apaixonadíssima por D..., e, numa maravilhosa inspiração (lamentei que o examinador não me ouvisse), disse-lhe que, no caso, eu não poderia unir os contraditórios, fazendo a síntese hegeliana. Inútil a digressão.

Jimmy olhava-me estupidamente e só soube perguntar:

– E eu?

Irritei-me.

Não sei, respondi, chutando uma pedrinha imaginária e pensando: ora, arranje-se! Nós somos simples animais.

Jimmy estava nervoso. Disse-me uma série de desaforos, que eu não passava de uma mulher, inconstante e borboleta como todas. E ameaçou-me: eu ainda me arrependerei dessa mudança súbita. Em vão tentei explicar-me com as suas teorias: eu gostava de alguém e era natural, apenas; que se eu fosse "evoluída" e "pensante" começaria por tornar tudo complicado, aparecendo com conflitos morais, com bobagens da civilização, coisas que os animais desconhecem em absoluto. Falei com uma eloquência adorável, tudo devido a influência dialética do examinador (aí está a ideia de mamãe: a mulher deve seguir... etc.). Jimmy, pálido e desfeito, mandou-me para o diabo a mim e as minhas teorias. Gritei-lhe nervosa, que não eram minhas essas maluquices e que, na verdade, só podiam ter nascido de uma cabeça despenteada e comprida. Ele gritou-me, mais alto ainda, que eu não entendera nada do que então me explicara com tanta bondade: que tudo comigo era tempo perdido. Era demais. Exigi uma nova explicação. Ele mandou-me de novo ao inferno.

Saí confusa. Em comemoração, tive uma forte dor de cabeça. De uns restinhos de civilização, surgiu-me o remorso.

Minha avó, uma velhinha amável e lúcida, a quem contei o caso, inclinou a cabecinha branca e explicou-me que os homens costumam construir teorias para si e outras para as mulheres. Mas, acrescentou depois de uma pausa e um suspiro, esquecem-nas exatamente no momento de agir... Retruquei a vovó que eu, que aplicava com êxito a lei das contradições de Hegel, não entendera palavra do que ela disse. Ela riu e explicou-me bem-humorada:

Minha querida, os homens são uns animais.

Voltávamos, assim, ao ponto de partida? Não achei que esse fosse um argumento, mas consolei-me um pouco. Dormi meio triste. Mas acordei feliz, puramente animal. Quando abri as janelas do quarto e olhei o jardim fresco e calmo aos primeiros fios de sol, tive a certeza de que não há mesmo nada a fazer senão viver. Só continuava a me intrigar a mudança de Jimmy. A teoria é tão boa!

CARTAS A HERMENGARDO*

Meu querido Hermengardo,

Em verdade eu te digo: felizmente tu existes. A mim me bastaria apenas a existência de uma criatura sobre a terra para satisfazer o meu desejo de glória, que não é senão um profundo desejo de vizinhança. Porque eu me enganei quando há tempos imaginei como real minha antiga vontade de "salvar a humanidade", "*malgré*", ela. Agora só desejo mais alguém, além de mim mesma, para que eu possa me provar... E nessa volta para Idalina compreendi também que tão belo e tão impossível como aquele outro sonho é o de tentar salvar-se a si mesmo. E se é tão impossível, por que então me encaminhar para esta nova cidadela que seria agora uma pobre mulher perturbada? Não sei. Talvez porque é necessário salvar alguma coisa. Talvez pela consciência tardia de que nós somos a única presença que não nos deixará até a morte. E é por isso que nós amamos e nos buscamos a nós mesmos. E porque, enquanto existirmos, existirá o mundo e existirá a humanidade. Eis como, afinal, nós nos ligamos a eles.

E tudo isso que eu estou dizendo é apenas um preâmbulo qualquer que justifique meu gosto de te dar tantos conselhos. Porque dar conselhos é de novo falar de si. E cá estou eu... Mas, afinal, eu posso falar com a consciência em paz. Nada conheço que dê tanto direito a um homem como o fato dele estar vivendo.

* *Dom Casmurro*. 30 de agosto de 1941.

Este preâmbulo também serve por uma desculpa. É que percebo, mesmo através das palavras mais doces que o milagre de respirares me inspira, o meu destino de jogar pedras. Nunca te zangues comigo por isso. Uns nasceram para lançar pedras. E afinal (começa aqui minha função), por que será mal lançar pedras, senão porque elas atingirão coisas tuas ou dos que sabem rir e adorar e comer?

Uma vez esclarecido este ponto e uma vez que me permite jogar pedras, eu te falarei da Quinta Sinfonia de Beethoven.

Senta-te. Estende tuas pernas. Fecha os olhos e os ouvidos. Eu nada te direi durante cinco minutos para que possas pensar na Quinta Sinfonia de Beethoven. Vê, e isto será mais perfeito ainda, se consegues não pensar por palavras, mas criar um estado de sentimento. Vê se podes parar todo o turbilhão e deixar uma clareira para a Quinta Sinfonia. É tão bela.

Só assim a terás, por meio do silêncio. Compreendes! Se eu a executar para ti, ela se desvanecerá, nota após nota. Mal dada a primeira, ela não mais existirá. E depois da segunda, o segundo não mais ecoará. E o começo será o prelúdio do fim, como em todas as coisas. Se eu a executar ouvirás música e apenas isto. Enquanto que há um meio de detê-la parada e eterna, cada nota como uma estátua dentro de ti mesmo.

Não a executes, é o que deves fazer. Não a escutes e a possuirás. Não ames e terás dentro de ti o amor. Não fumes o teu cigarro e terás um cigarro aceso dentro de ti. Não ouças a Quinta Sinfonia de Beethoven e ela nunca terminará para ti.

Eis como eu me redimo de lançar pedras, tão sempre... Eis que eu te ensinei a não matar. Erige dentro de ti o monumento do Desejo Insatisfeito. E assim as coisas nunca morrerão, antes que tu mesmo morras. Porque eu te digo, ainda mais triste que lançar pedras é arrastar cadáveres.

E se não puderes seguir meu conselho, porque mais ávida que tudo é sempre a vida, se não puderes seguir meus conselhos e todos os programas que inventamos para nos melhorar, chupa umas pastilhas de hortelã. São tão frescas.

Tua

Idalina

TRECHO*

Realmente nada aconteceu naquela tarde cinzenta de abril. Tudo, no entanto, prognosticava um grande dia. Ele lhe avisara que sua vinda constituiria o grande fato, o acontecimento máximo de suas vidas. Por isso ela entrou no bar da Avenida, sentou-se junto a uma das mesinhas da janela, para vê-lo, mal apontasse na esquina. O garçom limpou a mesa e perguntou-lhe o que desejava. Dessa vez justamente não precisava ficar tímida e ter medo de cometer uma *gaffe*. Estava esperando alguém, respondeu. Ele olhou-a um momento. "Será que tenho um ar tão abandonado que não posso estar esperando alguém¿" disse-lhe:

– Espero um amigo.

E sabia agora que a voz sairia perfeita: calma e negligente. (Ora não era a primeira vez que esperava alguém.) Ele limpou uma nódoa inexistente no canto da mesinha de mármore e, após uma demora calculada, retrucou, sem ao menos olhá-la:

– Sim, senhora.

Acomoda-se melhor na cadeira estreita. Cruza as pernas com certa elegância que, Cristiano mesmo dissera, é-lhe natural. Segura a bolsa com as duas mãos, suspira descansadamente. Pronto. É só esperar.

Flora gosta muito de viver. Muito mesmo. Nessa tarde, por exemplo, apesar do vestido apertar-lhe a cintura e ela esperar com horror o momento em que tiver que se levantar e atravessar

* *Vamos Lêr!*. Rio de Janeiro, 9 de janeiro de 1941.

o comprido recinto com a saia justa demais, apesar de tudo isto acha bom estar sentada ali, no meio de tanta gente, para tomar café com bolinhos, como todos. Tem a mesma sensação de quando era pequena e a mãe lhe dava as panelinhas "de verdade" para encher de comida e brincar de "dona de casa".

Todas as mesinhas do café estão repletas. Os homens fumam grossos charutos e os rapazes, metidos em amplos jaquetões, se oferecem cigarros. As mulheres bebem refrescos e mordem doces com a delicadeza de roedores, para não espalhar o "batom". Faz um calor muito forte e os ventiladores zumbem nas paredes. Se ela não estivesse de preto poderia se imaginar num café africano, em Dakar ou Cairo, entre ventarolas e homens morenos discutindo negócios ilícitos, por exemplo. Mesmo entre espiões, quem sabe? metidos naqueles lençóis árabes.

Naturalmente era meio absurdo estar brincando de pensar justamente nessa tarde. Justamente quando Cristiano lhe prometera o maior dia do mundo e justamente, oh! Justamente quando tinha medo que nada sucedesse... simplesmente pela ausência de Cristiano... Era absurdo, mas sempre que lhe aconteciam "coisas" ela intercalava essas coisas com pensamentos perfeitamente fúteis e despropositados. Quando Nenê ia nascer e ela estava no hospital, deitada, branca e morta de medo, acompanhou obstinadamente o voo de uma mosca em torno de uma xícara de chá e chegou a pensar, dum modo geral, na vida acidentada das moscas. E na verdade, concluíra, acerca desses pequeninos seres há grandes estudos a fazer. Por exemplo: por que é que possuindo um belo par de asas não voam mais alto? Serão impotentes essas asas ou sem ideal as moscas? Outra questão: qual a atitude mental das moscas em relação a nós? E em relação à xícara de chá, aquele grande lago adocicado e morno? Na verdade, aqueles problemas não eram indignos de atenção. Nós é que ainda não somos dignos deles.

Um casal entrou. O homem parou à porta, escolheu demoradamente o lugar, para lá encaminhou-se com a mulher debaixo do braço, o ar feroz de quem se prepara para defender um direito: "Eu pago tanto quanto os outros." Sentou-se, circundou um olhar de desafio pela sala. A mocinha era tímida e sorriu para Flora, um sorriso de solidariedade de classe.

Bem, o tempo está correndo. Um garçom de bigode louro dirige-se a Flora, segurando acrobaticamente uma bandeja com refresco escuro no copo suado. Sem lhe perguntar nada, pousa a bandeja, aproxima o copo de suas mãos e se afasta. Mas quem pediu refresco, pensa ela angustiada. Fica quieta, sem se mover. Ah! Cristiano, venha logo. Todos contra mim... Eu não quero refresco, eu quero Cristiano! Tenho vontade de chorar, porque hoje é um grande dia, porque hoje é o maior dia de minha vida. Mas vou conter em algum cantinho escondido de mim (atrás da porta? que absurdo) tudo o que me atormentar até a chegada de Cristiano. Vou pensar em alguma coisa. Em quê? "Meus senhores, meus senhores! Eis-me aqui pronta para a vida! Meus senhores, ninguém me olha, ninguém nota que eu existo. Mas, meus senhores, eu existo, eu juro que existo! Muito, até. Olhem, vocês, que têm esse ar de vitória, olhem: eu sou capaz de vibrar, de vibrar como a corda esticada de uma harpa. Eu posso sofrer com mais intensidade do que todos os senhores. Eu sou superior. E sabem por quê? Porque sei que existo." E se bebesse o refresco? Pelo menos aquela mulher que a olha como se ela não estivesse ali, como se ela fosse uma mesinha vazia, verá que ela faz alguma coisa.

Escolhe com cuidado uma palhinha, desembrulha-a com gestos negligentes e chupa o primeiro gole. Ainda bem que Nenê não veio. O refresco é muito gelado e tudo que Nenê vê quer provar. Quando Cristiano vier, perguntará antes por ela ou por Nenê? Cristiano disse que ambas eram duas crianças, que no grupo ele era o único adulto. Mas isso não entristece muito Flora. Uma vez, logo no princípio, ele a deixou sentada a um canto do quarto e pôs-se a passear de um lado para outro, esfregando o queixo. Depois parou diante dela, olhou-a um tempo e disse : "Mas é uma menina!" No entanto, depois se acostumou e Flora sempre lhe agradava. Mesmo porque desde pequena sabia brincar de tudo. Com o Ruivo brincava de soldado que mata, com a vizinha debaixo era carroceiro, no colégio bancava a índia que tem muitos filhos, e ainda professora, dona de casa, vizinha má, mendiga, aleijada e quitandeira. Com o Ruivo brincava de soldado, obrigada pelas circunstâncias, porque precisava conquistar sua admiração.

Assim, não foi difícil brincar de amante de Cristiano. E brincou tão bem que ele, antes de partir, lhe disse:

"Sabe, você, gurizinha, vale mais do que eu pensava. Não é uma menininha, não. É uma mulher cheia de senso e independência."

Gostou do elogio de Cristiano como quando ele elogiara seu vestido novo. Ou quando o professor de francês lhe dissera: "Você serez ainde un bon poète!" Ou quando sua mãe dizia: "Quando isso crescer vai prender qualquer um!" Ora, naturalmente que ela sabia fazer diversas coisas e até muito bem-feitas. Mas ela não era nenhuma daquelas personalidades que encarnava para se divertir ou por necessidade. Flora era outra que ninguém descobrira ainda! Eis o mistério.

O refresco faz-lhe um mal horrível. O estômago se contrai em náuseas. Fecha os olhos um momento e vê o líquido escuro em ondas revoltas fluir e refluir, rugindo. E Cristiano não vem. Faz uma hora que está ali. Se Cristiano chegasse naquele momento mandaria buscar qualquer coisa amarga e as náuseas desapareceriam. Depois ele diria orgulhoso: "Nem sei mesmo o que você faria sozinha. Você arranja coisas justamente no momento impróprio." E por que de repente esse gosto de café na boca? Acena para o garçom. "Água gelada", pede. Depois do primeiro gole, anima-se:

– De que era o refresco?

– De café, senhorita.

Ah, de café. Uh, piorou. O garçom a encara com curiosidade e ironia:

– Está melhor, *mademoiselle*?

– Sem dúvida, eu não sentia coisa alguma.

– Beba uma xícara de café quente que passa tudo, continuou ele irredutível.

– Traga, por favor.

"Cristiano, onde está você? Eu sou pequena, meus senhores, no fundo eu sou do tamanho de Nenê. Não sabem quem é Nenê? Pois ela é loura, tem os olhos pretos e Cristiano diz que não se surpreende ao ver sua carinha muito suja. Diz que no nosso quarto desarrumado, as flores frescas, o rostinho de Nenê e meu ar de 'pobre querida' são indivisíveis. Mas há uma coisa no meu estômago. E Cristiano não vem. Se Cristiano não vier? A dona da casa onde moramos, meus senhores, jura como é frequente o abandono de moças com filhos. Conhece até três casos. Que dizem? Oh, não fumem agora."

O garçom vem com o café. Tem um lindo bigode louro.

Se eu fosse a senhora, procurava me livrar do refresco. Tem muita gente que enjoa com refresco de café. É só botar dois dedos no céu da boca. O *toillete* é à esquerda.

Flora volta de lá humilhada e não ousa encarar o bigode louro. Recosta-se na cadeira e sente-se miseravelmente bem.

Uma aragem fresca penetra pelas janelas. "Declarações de Mussollini. Suicídio no Leblon! Olhe a Noite!" Longínquos sons de buzina. Cristiano perdeu o trem ou me abandonou para sempre.

O café tornou-se familiar aos seus olhos. Os garçons são afinal uns homens bobos e muito ocupados. Estão ajeitando as cadeiras no estrado da orquestra, limpando o piano. Fregueses de outra classe, da classe dos que depois do banho e do jantar "precisam gozar a vida enquanto são moços; e para que se tem dinheiro¿" instalam-se às mesinhas.

"Quer dizer que eu estou perdida", pensa Flora.

Ouve de início umas pancadinhas surdas, ritmadas, singulares e misteriosas, subindo do estrado da orquestra. Em efervescência crescente, como animaizinhos borbulhando em meio desconhecido, vai-se acentuando o ritmo. E de repente, do último negro da segunda fila, ergue-se um grito selvagem, prolongado, até morrer num queixume doce. O mulato da primeira fila contorce-se numa reviravolta, seu instrumento aponta para o ar e responde com um "bu-bu" rouco e infantil. As pancadinhas parecem homens e mulheres gingando num terreiro da África. Súbito, silêncio. O piano canta três notas soltas e sérias. Silêncio.

A orquestra, em movimentos suaves, quase imóvel, agachada, desliza um "fox-blue" pianíssimo, insinuante como uma fuga.

Alguns pares saíram enlaçados.

Estou aqui há tanto tempo, há tanto tempo! pensa Flora e sente que deve chorar. Quer dizer que estou perdida. Comprime a testa com as mãos. Que é que vem agora¿ O garçom tem pena e vem lhe dizer que pode esperar quanto quiser. Obrigada. Vê-se no espelho. Mas ela é esta que está ali¿ é essa, de cara de coelho assustado, quem está pensando e esperando¿ (De quem é essa boquinha¿ De quem são esses olhinhos¿ Seus, não me amole.) Se eu não procurar me salvar, afogo-me. Pois se o Cristiano não vier, quem dirá a toda essa gente que eu existo¿ E se eu, de repente, gritar pelo garçom, pedir papel e tinta e disser: Meus senhores, vou escrever uma poesia! Cristiano, querido! Juro que eu e Nenê somos suas.

Vejam só: Debussy era um músico-poeta, mas tão poeta que um só dos títulos de suas suítes fazem você se deitar na relva do jardim, os braços sob a cabeça, e sonhar. Vejam só: Sinos entre folhas. Perfumes da noite... Vejam só... gritou uma mulher magra na mesa vizinha, batendo com as costas das mãos na mesa, como se dissesse: "Eu lhe garanto, agora é noite. Não discuta."

– Tolice, Margarida, retrucou um dos homens friamente, tolice. Ora músico-poeta... Ora veja...

Flora pediria papel e escreveria:

"Árvores silenciosas
perdidas na estrada.
Refúgio manso
de frescura e sombra."

Cristiano não virá. Um homem se aproxima. Que há?

– Hein?

– Pergunto se deseja dançar, continua. Pisca os olhos míopes com um ar tolo e curioso.

– Oh, não... Realmente, não... eu...

Ele continua a olhá-la.

– Eu, francamente, não posso... Oh, talvez mais tarde... Espero um amigo.

Ele ainda parado. Que fazer com aquele entulho? Meu Deus, os meus olhos.

– Eu não...

– Por favor, madame, já entendi, diz o homem ofendido.

E se afasta. O que foi que aconteceu, afinal? Não sei, não sei. Se eu não abaixo o rosto, veem os meus olhos. Árvores silenciosas perdidas na estrada. Oh, com certeza eu não choro por causa do homem míope. Também não é por Cristiano que nunca mais virá. É por essa mulher suave, é porque Nenê é linda, linda, é porque essas flores têm um perfume longínquo. Refúgio manso de frescura e sombra. "Meus senhores, agora justamente que eu tinha tanto para dizer, não sei me exprimir. Sou uma mulher grave e séria, meus senhores. Tenho uma filha, meus senhores. Poderia ser um bom poeta. Poderia prender quem eu quisesse. Sei brincar de tudo, meus senhores. Poderia me levantar agora e fazer um discurso contra a humanidade, contra a vida. Pedir ao governo a criação de um departamento de mulheres abandonadas e tristes, que nunca mais terão o que fazer no mundo. Pedir qualquer reforma urgente. Mas não posso, meus senhores. E pela mesma razão nunca haverá reformas. É que em vez de gritar, de reclamar, só tenho vontade de chorar bem baixinho e ficar quieta, calada. Talvez não seja só por isso. Minha saia é curta e apertada. Eu não vou me levantar daqui. Em compensação tenho um lenço pequeno, de bolinhas vermelhas, e posso muito bem enxugar o nariz sem que os senhores, que nem sabem que eu existo, vejam."

Na porta surge um homem grande, com jornais na mão. Olha para todos os lados procurando alguém. Vem esse homem exatamente na direção de Flora. Comprime sua mão, senta-se. Olha-a com olhos brilhantes e ela ouve confusamente palavras soltas. "Bichinha, coitadinha... o trem... Nenê... querida..."

– Tolice Margarida, tolice, diz o homem na mesa vizinha.

– Quer alguma coisa? pergunta Cristiano. Refresco?

– Oh, não, desperta Flora. O garçom sorri.

Cristiano, completamente feliz, aperta-lhe levemente o joelho por baixo da mesa. E Flora resolve que nunca, nunca mais mesmo, há de perdoar Cristiano pela humilhação sofrida. E se ele não tivesse vindo? Ah, então toda essa espera teria desculpa, teria sentido. Mas, assim? Nunca, nunca. Revoltar-se, lutar, isso sim. É preciso que aquela Flora desconhecida de todos, apareça, afinal.

– Flora, eu tive tanta, tanta saudade de você.

– Meu bem..., diz Flora docemente, esquecendo a saia curta e apertada.

CAPÍTULO 2

CLARICE JORNALISTA

Clarice Lispector iniciou suas atividades jornalísticas em 1940. Seu pai morrera em agosto do mesmo ano e Clarice passara a morar então em companhia de suas irmãs Elisa e Tânia, esta recém-casada. A família migrara para o Rio de Janeiro, vinda do Recife, cinco anos antes.

Clarice contava apenas vinte anos quando procurou Lourival Fontes, diretor do DIP – Departamento de Imprensa e Propaganda – em busca de um emprego como tradutora. Entretanto, na ausência de vagas para esta função, ela foi contratada para trabalhar como repórter e redatora na Agência Nacional, distribuidora de notícias vinculada ao DIP.

A Agência Nacional, órgão criado pelo governo Vargas, funcionava, segundo Antônio Callado, um de seus colaboradores, como "a redação de um jornal preguiçoso", pois não lhe cabia descobrir a notícia, mas apenas dar um tom oficial ao que havia sido anunciado antes pelos jornais.

A produção de Clarice na Agência Nacional foi publicada sobretudo na revista Vamos Lêr!, *pertencente ao jornal* A Noite, *para o qual passaria a colaborar regularmente a partir de fevereiro de 1942, conforme registrado em sua carteira de trabalho.*

A presença da jovem Clarice na redação destoava amplamente do que se costumava ver no jornalismo da década de quarenta. As mulheres que colaboravam na imprensa da época restringiam-se quase que exclusivamente às páginas femininas. O jornalista Francisco Barbosa, companheiro de redação de Clarice, lembra que o redator de polícia costumava falar palavrões "como quem toma um copo d'água". A cada palavrão dito, Clarice ruborizava. Anos mais tarde, ela comentaria com seu filho Paulo que os jornalistas acabaram por criar um código na redação, dando batidas na mesa, para substituir os frequentes e inadequados palavrões que costumavam falar em sua presença.

Todavia, a entrada de Clarice Lispector no mundo do jornalismo, mais que lhe garantir uma forma de sustento, encarregou-se de abrir-lhe também as portas da literatura: foi nas redações que Clarice encontrou seu primeiro grupo de amigos escritores, como Francisco Barbosa e Lúcio Cardoso. Ambos se tornariam amigos pessoais da escritora e Cardoso exerceria um papel determinante em sua formação literária. Foi ainda pela intermediação de Barbosa que a editora de A Noite *publicaria o primeiro romance de sua autoria,* Perto do coração selvagem. *A proposta era que a editora do jornal arcasse com as despesas da publicação e Clarice, em contrapartida, abrisse mão de seus direitos autorais, não recebendo qualquer remuneração pela venda dos exemplares.*

Perto do coração selvagem *foi publicado em 1943, numa tiragem de mil exemplares, e ganhou o Prêmio Graça Aranha de melhor romance, em 1944.*

*As duas reportagens produzidas por Clarice para a Agência Nacional e selecionadas para a presente edição são: Onde se ensinará a ser feliz (*Diário do Povo, *19 de janeiro de 1941), no qual a jovem repórter acompanha a inauguração das "Cidades das Meninas" – projeto idealizado pela primeira-dama Darcy Vargas –, onde cinco mil crianças órfãs passariam a viver com dignidade; e Uma visita à Casa dos Expostos (*Vamos Lêr!, *8 de julho de 1941), em que Clarice registra o papel da Fundação Romão de Matos Duarte no acolhimento de crianças abandonadas.*

ONDE SE ENSINARÁ A SER FELIZ*

Por Clarice Lispector
redatora da Agência Nacional

Ressurge o sonho do padre Flanagan. Os Estados Unidos haviam gritado para o mundo, lá de um cantinho de Nebraska, onde dominava Liliput: não existe menino mau, falta-lhe apenas um lar. E aquela surpreendente "Boys Town" que se abriu para as crianças foi a afirmação gloriosa do que parecia um sentimentalismo anacrônico. E foi, ainda mais, o cadinho onde crianças se defrontaram, alma contra alma, em primitiva simplicidade, riscando tudo o que a civilização aconselhara como indispensável: os preconceitos de raça, de religião, e o ódio, o grande ódio que nasce magnífico no individualismo cultivado e morre humilhado, ao soar a primeira sirene. Os meninos do padre Flanagan jamais desejarão a guerra.

Ressurge o sonho do padre Flanagan. Num recanto do Brasil, à margem de uma estrada, cinco mil garotas se instalarão em casas, em verdadeiras casas, cobertas, divididas em quartos e salas... E certamente na primeira noite ao abrigo, cinco mil garotas não poderão adormecer. Na escuridão do quarto as milhares de cabecinhas que não souberam indagar a razão do seu abandono anterior procurarão descobrir a troco de que se lhes dá uma casa, uma cama e comida.

Quando recebiam caridade, recebiam também um pouco de humilhação e de desprezo. Não deixava de ser bom, porque sentiam-se quites, e muito livres. Livres para o ódio. Mas nas casas

* *Diário do Povo*. Campinas, SP, 19 de janeiro de 1941.

onde agora se acomodam, casas limpas, com hora certa de almoço e de jantar, com roupa e livros, são tratadas com naturalidade, com bom humor...

As cinco mil garotas sofrerão na dúvida durante alguns dias, desconfiadas e ariscas. Mal sabem, as meninas de Darcy Vargas, que iniciam a vida diante do sentimento mais raro neste mundo: o da bondade pura, que não pede para si e apenas dá.

A "Cidade das Meninas" não é propaganda para turismo. Esta a realidade mais séria e comovente. Nascerá inteligente e organizada. Será uma escola de mulheres. O que a criminologia, a sociologia e a psicologia pesquisaram e afirmaram no mundo científico será agora aplicado no terreno prático. Entrevistada, a sra. Darcy Vargas, com efeito, acentua que não é só a casa e a comida que essas crianças receberão. Porém, e sobretudo, o ambiente, o lar. A sua preocupação em não construir um daqueles casarões imensos à semelhança de um internato, que se gravaria na memória de seus habitantes como uma penitenciária, obedece àquela orientação. Nas centenas de casas, simples e alegres, as meninas se desenvolverão sem promiscuidade, como numa pequena família. A educação física, profissional e artística, fornecerá a base de vida das pequenas cidadãs e constituirá o pecúlio das jovens mulheres, na sua entrada na vida. Serão admitidas até a idade máxima de 8 anos, quando ainda uma vida tranquila e dirigida possa apagar-lhes as marcas deixadas pelo abandono e pelo sofrimento.

Florescerão tranquila e pacificamente. Mas no momento do adeus à "Cidade" saberão, enfim, que realmente se lhes dava tanto em troca de alguma coisa. O Brasil, a América, o Mundo precisam de criaturas felizes. Elas riem. Creem. Amam. As jovens mulheres saberão, então, que delas se espera o cumprimento do grave dever de ser feliz.

UMA VISITA À CASA DOS EXPOSTOS*

A HISTÓRIA DO PORTUGUÊS ROMÃO

"14 de janeiro 1738 – 14 de janeiro 1938.

Memória do 2º centenário da criação da Casa dos Expostos, ora Fundação Romão de Matos Duarte, em honra ao fundador e posta sob a Proteção Divina, na lição de Jesus, no exemplo de São Vicente de Paula, no amparo da Santa Casa da Misericórdia e na dedicação das Filhas da Caridade, a Fundação até hoje deu abrigo a 34.343 crianças. Administração de 1927-1938."

Até ler o original estilo da placa de bronze, é preciso atravessar um longuíssimo pátio sombreado, subir a escadaria de pedra, parar um instante diante da Virgem Maria, asilada entre rochas, musgos e fios d'água, subir de novo escadas. A sala é grande e clara.

Irmã Voisin fecha as janelas para que o retrato de Romão Duarte refulja na escuridão, e conta sua história:

– *Il n'etait pas trop riche, mais il était trop bon...*

O português Romão de Matos Duarte tem um rosto humilde e segura o chapéu nas mãos, como se acabasse de pedir um favor. Num belo dia de sua vida, lá pelos anos de 1700, Romão abriu sua porta e encontrou um bebê depositado na soleira. Romão recolheu o bebê, deu-lhe leite e (sic), mas pôs-se a pensar em todos os outros bebês do mundo. De pensamento em pensa-

* *Vamos Lêr!*. Rio de Janeiro, 8 de julho de 1941.

mento, chegou à conclusão de que deveria nascer a Casa dos Expostos. E foi assim que ela nasceu.

Perto, um retrato de Pedro I e outro de Pedro II, que visitaram a Casa.

– A princesa Isabel vinha provar o leite das crianças, fazia camisolinhas...

A CASA DA "RODA"

Há mais de duzentos anos inaugurada, é o abrigo e o lar dos enjeitados. Diariamente, uma média de 4 a 5 crianças vem incorporar-se à instituição. Umas chegam crescidinhas, sabendo do nome, da idade e dos pais. Outras, mesmo de noite, são depositadas na roda, aberta para a Travessa Visconde do Cruzeiro, e que sob o peso do embrulhinho lá colocado, gira e faz soar uma campainha. D. Átila Silveira acode, recebe o presente e entrega-o às irmãs. Então começa a vida de mais um exposto.

Ali, até a maioridade, receberá assistência completa. Passará pela "creche", sob a superintendência geral do Dr. Martinho da Rocha, aprenderá a engatinhar, a andar, a ler, a trabalhar, a rezar, a amar, a escolher, a odiar. Então estará pronta para sair e lutar com os de fora.

As meninas aprendem os serviços domésticos, curso primário, bordado, datilografia. Se arranjarem casamento antes de completar os 21 anos, o que é difícil porque são pouco vistas, sairão com enxoval, conselhos e tudo. Ou poderão trabalhar e de volta do trabalho terão a casa onde dormir.

Os meninos, após o curso primário, são selecionados para as oficinas. Os mais inteligentes aprenderão tipografia. Depois vem encadernação, sapataria, alfaiataria. Os que amam a música, "estudarão para a banda de música", como disse a Irmã

Isabel. E, à noite, poderão estudar fora o curso ginasial, de guarda-livros, ou seja o que for. Se encontrarem trabalho, sairão antes de completar a maioridade ou trabalharão lá dentro mesmo, mediante pequeno ordenado.

Às vezes o exposto se enxerta de tal modo à nova árvore, que dela só se desprende quando murcho. Assim, ainda mora na Casa dos Expostos uma turma de velhinhos que nunca se lembrou de fugir.

Irmã Isabel diz que Teresinha, um dos velhinhos, está se esquentando ao sol e que, apesar de sua relutância em se mostrar, eu poderei vê-la. Eu tinha porém recebido a lição de D. Átila.

– Aqui vêm uns "reportos", pedem para a gente tirar retratos... Não têm mais o que fazer.

Deixei, portanto, Teresinha, que deve ser trôpega e doce, aproveitar a mornidão do sol sem retrato e sem assistentes.

O JARDIM DA INFÂNCIA

Irmã Voisin me conduz pelos longos corredores, silenciosos como os de hospitais.

Na sala espaçosa funciona uma espécie de jardim da infância, com aqueles quadros de "Ivo chuta a bola", "Rosina lê seu livro". As guriazinhas estão sentadas em volta da irmã-professora.

– Cantem para a moça ver.

Cantam o Hino Nacional. E, como sempre, depois do "Deitado eternamente...", as palavras começam a rarear, surgem olhares assustados. Mas um apressado e forte "Terra amada, Brasil!" tudo salva. Uma moreninha miúda recita uma poesia sobre o "coração do Brasil" e se senta envergonhada. Irmã Voisin e a professora estão orgulhosas.

Onde o correio não tem função

Passamos pelo refeitório de cadeirinhas altas, para os pequeninos, pelos refeitórios das maiores, com 170 lugares, a mesa posta, já com o pão e a laranja em exposição. Lâmpadas penduradas, com trepadeiras murchas nos fios, como depois de uma festa. No fundo, Nossa Senhora, sob a inscrição "Ave Maria".

Depois, a despensa, com os enormes recipientes cheios dos mais variados gêneros. Na parede, em vigilância suprema, um Jesus cercado de flores.

Irmã Isabel mostra a sala de aula. Meninas com roupas listradas e aventais azul-marinho. Mas nem justos nem folgados demais. E dentro de cada um, uma criaturinha muito pessoal, com gestos próprios e carinha inconfundível.

É aula de leitura. Uma menina, magrinha e viva, lê, numa voz muito clara, uma página sobre "Correios e Telégrafos".

O correio leva cartas aos parentes e amigos. O "caribamento"...

– Carimbamento – corrige a irmã.

A "creche"

– Nunca há vaga, informa Irmã Isabel. Há 32 anos que estou aqui e nunca...

Mas não se rejeitam bebês. Mesmo porque... rejeitar contra quem? Arranja-se um berço, faz-se uma pequena clareira entre as caminhas e dentro dele o nenê é bem-vindo.

Na sala dos recém-nascidos, mostram-me um prematuro masculino. Um verdadeiro feto, a cabeça, sem exagero, menor que uma laranja-lima. Veio sem nenhuma indicação. Foi logo batizado. "Era dia de São Bonifácio e Bonifácio se chamou"... Mas a história não será longa. Bonifácio, a esta hora, já deve ser anjo.

Na outra sala estão os bebês de 6 a 10 meses, mais ou menos, quando ainda não sabem engatinhar. Lá estão eles nos berços, nas mais variadas e difíceis posições, e ai de quem se aborrece terrivelmente. Um (sic) pedido de higiene recomenda (sic): "Admirai as flores e as crianças a certa distância."

Mal começam, porém, a desabrochar, (sic) isolamento e – vida nova. Passamos o dia brincando no terraço. Agora mesmo uma vitrola toca "Lourinha, serás a rainha deste Carnaval" e os bichinhos minúsculos sambam... Não há dúvidas que, apesar de tudo, as Filhas da Caridade conseguiram ser mães. A maior prova é este laço que elas conseguiram colocar na cabecinha raspada de uma menina que dança com uma estranha (sic) – uma guriazinha de rosto magro, olhos meio vesgos.

– Como é seu nome?

Indiferença.

– Quantos anos você tem?

Nada.

– Elas estranham as pessoas de fora – diz a Irmã Genoveva, com certo orgulho. Liga de novo a vitrola e negrinha recupera o par.

Perto, um sofazinho e duas cadeiras: numa um urso e noutra um cachorro. Um telefone vermelho sobre a mesa esmaltada.

O ARMÁRIO DAS TROUXINHAS

É o arquivo. Um armário repleto de embrulhinhos, onde estão anotados os precários dados sobre a procedência de seus donos. "Marilena, exposta, parda, com 12 dias – 11-5-41." "Regina Aparecida..."

– Essa veio sem indicações?

– Sim... Como sabe?

A tempo me lembro que todas são "aparecidas"...

– Por nada...

Quando chega um bebê, anota-se, roupa por roupa, sinal por sinal, sua aparência. Assim, se alguém vier reclamá-lo, terá de fazer a descrição perfeita e completa. Ou não conseguirá o exposto.

SÚPLICA DAS ASILADAS – CONCEIÇÃO CONTA SUA HISTÓRIA

Na sala de costura estão as crescidas, de 18 anos mais ou menos. Bordam com uma perfeição que já se tornou conhecida. Recebem encomendas para enxovais de noivas, de bebês. E enquanto bordam, cantam a "Súplica a Nossa Senhora para a sua proteção", preparando-se para a festa de maio.

"Oh, dai a todos nós amparo e assistência
pra alcançarmos
um dia a glória do Senhor!
Conservai à donzela a flor da inocência,
Ao coração contrito a feliz penitência
A todos nosso amor."

É quase impossível conversar com as mocinhas. Meninos e meninas da Casa dos Expostos, a um olhar, se recolhem, enrubescem e perdem a fala.

Apesar de tudo, converso com Conceição. Tem catorze anos, diz. Veio com quatro e já está na casa há sete anos... Explico-lhe:

– Se você veio com quatro e já está aqui há sete anos, tem onze anos somente...

Ela olha para mim desconfiada. "Tenho catorze", diz, teimosa. Quer sair para trabalhar enquanto é tempo. Tempo de quê? Enquanto tem mãe. Tem irmãos, também, que moram com a mãe.

Quando nasceu, as coisas eram diferentes e ela foi asilada. "Onde mora sua mãe?"

– Há que tempo estou para perguntar... Mas não há somente o trabalho, o estudo e a religião. Fazem às vezes, além das saídas normais, grandes passeios, à Feira de Amostras, ao Pão de Açúcar e na própria Casa veem filmes bonitos, sobre Anita Garibaldi, por exemplo, divertidos, como os desenhos animados. Conceição adora cinema. Além disso elas mesmas têm um teatrinho em que são atrizes. Um palco pequeno, decorado com jovens gregas, dançando num prado florido. Um piano de verdade, doado pelo Banco do Brasil, parece. Aliás a Casa dos Expostos vive mais de donativos. A quantia fixa para as despesas é pequena e não é elástica, apesar das economias da esplêndida dona de casa que é Soeur Voisin.

Os meninos

São, em geral, mais desembaraçados do que as meninas.

Andam soltos, brincando, lendo as histórias dos bandidos norte-americanos que eles compram com seu próprio dinheiro, ganho em pequenos trabalhos para a casa.

Um mulatinho inteligente, estudante de tipografia, está hoje encarregado da faxina. Mas, nos pequenos intervalos, que ele mesmo cria, lê o "Suplemento Juvenil". Chama-se Norman. Quem deu esse nome? "Minha mãe." Pausa. "Onde está ela?"

– Sei não – responde, distraído.

Ainda nas oficinas de tipografia, falo com Davi Rocha de Oliveira, de uns 20 anos, mais ou menos. Depois de aprendido o ofício, foi trabalhar fora e ficou por lá durante uns três anos. Mas achou que estava desaprendendo o que aprendera, que não tinha a oportunidade de empregar toda a técnica que assimilara quando pequeno. E voltou. Agora trabalha, mediante ordenado, para a própria Casa. É filho de uma antiga asilada que, enviuvando, o cedeu às Irmãs. Está noivo e tem um sorriso calmo e feliz.

E assim, sob o olhar doce e firme da Caridade, vão aos poucos entrando na estrada larga os que iniciaram o caminho por atalhos estranhos e difíceis.

E assim é que a tragédia não é o "pão nosso de cada dia" dos expostos. Entre todos eles há, certamente, os que esperam pela luz fechada, pelas lágrimas. Os que talvez odeiem os companheiros por sofrerem da mesma falta de mãe e da mesma presença do uniforme. Mas esses saberão um dia libertar-se. Os outros, como Norman, são distraídos. E, apesar de todas as ave-marias e de todos os santos, arranjarão sempre um "Suplemento Juvenil".

A RODA VAI FECHAR?

Há um dispositivo do novo Código Penal que não permite a aceitação de crianças sem claros dados de identidade. Os infratores receberão a pena de um a cinco anos de prisão.

Que acontecerá com a "roda"? Que acontecerá com Regina Aparecida e com Bonifácio?

Porque o ânimo que inspira o pai ou a mãe de Bonifácio é isentar-se da responsabilidade de suas vidas. E só às ocultas é que isso é atingido. Que fará a "roda" para subsistir? Talvez avente um processo em que não haja perigo de uma descoberta de identidade, ou qualquer coisa no gênero.

Não é proibindo a aceitação de crianças não identificadas que se acabará com o nascimento delas. E enquanto não se pode terminar com essa situação, e provavelmente nem tão cedo se poderá, o melhor é encará-la de frente e aceitá-la. Mesmo porque é preciso não esquecer: além do infrator ao dispositivo penal, há Bonifácio e Regina Aparecida que não têm a menor culpa.

CAPÍTULO 3

CLARICE ESTUDANTE

Clarice Lispector ingressou na Faculdade Nacional de Direito da Universidade do Brasil, em 1939. Ela escolhe o curso meio ao acaso, a partir de uma avaliação de seu pai que – observando que desde pequena ela era muito reivindicadora dos direitos das pessoas – lhe diz então que ela seria advogada.

Interessada sobretudo por Direito Penal, ela ouve do jurista e professor San Tiago Dantas, seu amigo na época, o comentário de que quem escolhe advocacia por causa de Direito Penal, não é advogado, é literato. De fato, Clarice termina o curso em 1942 mas nunca aparece para buscar o diploma, chegando a afirmar numa entrevista que só levara a faculdade a cabo por conta de seu desconforto ao ouvir de uma amiga que "tudo o que ela começava, não tinha o costume de acabar".

É ainda na faculdade que ela conhece o futuro marido, Maury Gurgel Valente, com quem se casa, em 1943. Com o término do curso, Clarice acompanha Maury – então em missão diplomática – numa série de viagens que os levariam a fixar residência em diversos países e se estenderia por quinze anos, até a separação do casal, em 1959.

Mas é ainda na faculdade que Clarice produz os dois textos reunidos nesta edição, ambos para a revista A Época, *organizada pelos alunos do curso de Direito. "Observações sobre o direito de punir" e "Deve a mulher trabalhar?" foram publicados em agosto de 1941, e refletem algumas das preocupações centrais da jovem estudante Clarice Lispector. No primeiro, ela questiona o próprio fundamento do "direito" de punir, externando seu desejo de uma reforma radical no sistema penitenciário do país (uma das razões que a levariam ao curso de Direito, conforme declarou em diversas entrevistas); e no segundo, reflete possivelmente sobre sua própria condição de mulher estudante e aspirante a uma carreira, numa faculdade frequentada sobretudo por homens, e onde as mulheres mal chegavam a somar dez por cento dos alunos.*

OBSERVAÇÕES SOBRE O DIREITO DE PUNIR

1. Não há direito de punir. Há apenas poder de punir. O homem é punido pelo seu crime porque o Estado é mais forte que ele, a guerra, grande crime, não é punida porque se acima dum homem há os homens acima dos homens nada mais há.

E não há direito de punir porque a própria representação do crime na mente humana é o que há de mais instável e relativo: como julgar que posso punir baseada apenas em que o meu critério de julgamento para tonalizar tal ato como criminoso ou não, é superior a todos os outros critérios? Como crer que se tem verdadeiramente o direito de punir se se sabe que a não observância do fato X, hoje fato criminoso, considerava-se igualmente crime? "Nenhum de nós pode se lisonjear de não ser um criminoso relativamente a um estado social dado, passado, futuro ou possível", disse Tarde.

O que é certo, na questão da punição, é que determinadas instituições, em dada época, sentindo-se ameaçadas em sua solidez com a perpetração de determinados atos, taxa-os como puníveis, muitas vezes nesses atos não há nem a sombra de um delito natural: essas instituições querem apenas se defender. Outra humanidade falaria antes em "direito de se defender", direito de lutar, de deixar comparecer ao campo de guerra a instituição velha e a nova. Porque o crime significa um ataque à determinada instituição vigente, em grande parte das vezes e se não fosse punido representaria a derrocada dessa instituição e o estabelecimento duma nova. Assim, processar-se-ia uma evolução mais rápida e violenta, de resultados provavelmente maus, tendo-se em vista a frequente anormalidade do criminoso. A sociedade, porém, mais sabiamente, prefere falar num "direito de punir", força unilateral, garantidora de uma boa defesa contra o ataque à sua estabilidade.

2. Uma hipótese quanto ao surgimento e evolução do direito de punir:

De início, não existiam direitos, mas poderes. Desde que o homem pôde vingar a ofensa a ele dirigida e verificou que tal vingança o satisfazia e atemorizava a reincidência, só deixou de exercer sua força perante uma força maior. No entanto, como acontece muitas vezes no domínio biológico, a reação – vingança – começou a ultrapassar de muito a ação – ofensiva – que a provocara. Os fracos uniram-se; e é então que começa propriamente o plano, isto é, a incursão do consciente e do raciocínio no mecanismo social, ou melhor, é aí que começa a sociedade propriamente dita. Fracos unidos não deixam de constituir uma força. E os fracos, os primeiros ladinos e sofistas, os primeiros inteligentes da história da humanidade, procuraram submeter aquelas relações até então naturais, biológicas e necessárias ao domínio do pensamento. Surgiu, como defesa, a ideia de que apesar de não terem força, tinham direitos. Novas noções de Justiça, Caridade, Igualdade, Dever foram se insinuando naquele grupo primitivo, instituído pelos que delas necessitavam, tão certo como o é o fato dos primeiros remédios terem sido inventados pelos doentes. E no espírito do homem foi se formando a correspondente daquela revolta: um superego mais ou menos forte, que daí em diante regeria e fiscalizaria as relações do novo homem com os seus semelhantes em face da sociedade impedindo-lhe a perpetração de atos considerados por todos como proibidos. À medida que essas noções foram se plasmando no indivíduo e no decorrer das gerações, os meios de vida foram extinguindo cada vez mais sua possibilidade de usar da força bruta nas relações de homem para homem. Na resolução de seus litígios, não mais aparecia o mais forte e musculoso diante do menos poderoso pelo próprio nascimento e natureza. Igualados pelas mesmas condições, afrouxados na sua agressividade de animal (pelo nascimento do superego (homem social)), fizeram (sem que o objetivo fosse delimitado em sua consciência) uma espécie de tratado de paz, as leis, pelas quais os interesses e os "proibidos" não seriam violados reciprocamente, sob a garantia duma punição por parte da coletividade. É a passagem do castigo ministrado pelo ofendido para o castigo provindo de toda a sociedade. E isso se explica: uma vez que todos estavam em condições mais ou menos iguais, difícil seria a defesa; para manter a inviolabilidade das leis fizeram titular do direito toda a coletividade, adversário forte.

O resto segue-se naturalmente. Os mais capazes, os mais fortes são incumbidos de vigiar a observância dessas leis, e constituem o primeiro Estado, isto é, organizador permanente da estabilidade social. Esse novo órgão no decorrer dos tempos fortalecido pelo apoio de todos, passa a encarar o poder, mesmo independente da aquiescência individual. E esse órgão a si mesmo concede, sem que tenha um outro fundamento o "direito de punir".

3. Uma lição de Sócrates ensinava que antes de qualquer discussão filosófica se definissem os termos. De fato: ao falar em direito de punir não se abrangem com esse termo conteúdos diversos? Atualmente, em verdade, não é de punir que se tem direito, mas de se defender, de impedir, de lutar. Punir é, no caso, apenas um resquício do passado, quando a vingança era o objetivo da sentença. E a permanência desse termo no vocabulário jurídico é um ligeiro indício de que a pena hoje ministrada ainda não é uma pena científica, impessoal, mas que nela entra muito dos sentimentos individuais dos aplicadores do direito (como sejam sadismo e ideia de força que confere o poder de punir). E nesse caso até repugna admitir um "direito de punir".

Agora se falássemos num direito de defender a sociedade contra a reincidência de um crime, num direito de tomar a si a direção duma vida no sentido de restituí-la à normalidade, então seria fraca a expressão "direito de punir". Antes dever-se-ia falar em "dever de punir".

4. A teoria dum contrato social estipulado entre os homens e os Estados, concedendo aqueles a estes o direito de punir, peca por conferir à evolução da sociedade e do direito muito da intervenção consciente do homem. *"Il n'y a personne qui, en entrant dans une societé civile, stipule de l'Etat qu'il le punira s'il commet quelque crime"*, disse Pastoret. E se se retirar o elemento "vontade" desse contrato, *ipso facto* ele perde o caráter de contrato.

5. Houve um tempo em que a medicina se contentava em segregar o doente, sem curá-lo e sem procurar sanar as causas que produziam a doença. Assim é hoje a criminologia e o instituto da punição.

Surge na sociedade um crime, que é apenas um dos sintomas dum mal que forçosamente deve grassar nessa sociedade. Que fazem? Usam o paliativo da pena, abafam o sintoma... e considera-se como encerrado um processo. Como então imaginar que o fundamento desse poder que a sociedade tem de punir está na sua legitimidade, se essa legitimidade só se explicaria por sua utilidade? E onde sua utilidade? Se X comete latrocínio e é encarcerado. A, B, C, D... etc. ficam impedidos de cometer o mesmo crime? A punição esqueceu-se de encarar a reincidência no seu sentido lato.

Só haverá "direito de punir" quando punir significar o emprego daquela vacina de que fala Carnelucci contra o gérmen do crime. Até então seria preferível abandonar a discussão filosófica dum "fundamento do direito de punir", e, de cabeça baixa, continuar a ministrar morfina às dores da sociedade.

Nota: Um colega nosso classificou este artigo de "sentimental". Quero esclarecer-lhe que o Direito Penal move com coisas humanas por excelência. Só se pode estudá-lo, pois, humanamente. E se o adjetivo "sentimental" veio a propósito de minha alusão a certas questões extrapenais, digo-lhe ainda que não se pode chegar a conclusões em qualquer domínio sem estabelecer as premissas indispensáveis.

DEVE A MULHER TRABALHAR?

CLARICE LISPECTOR – 3º ANO

Tornou-se velho o problema da mulher, embora date apenas da Grande Guerra, tanto foi ele visado e estudado. Deve ou não deve ela estender suas atividades pelos vários setores sociais? Deve, ou não, voltar suas vistas também para fora do lar? De um lado – apresenta-se-nos ela seguindo apenas seu eterno destino biológico, e de outro – a nova mulher, escolhendo livremente seu caminho.

De um lado, a casa, compreendendo filhos e marido, exigindo abnegação constante. De outro, a evolução dos costumes e dos ideais, lançando-a no conhecimento de si mesma e de suas possibilidades.

Num momento de crise, haviam apelado para o seu auxílio. Sua reação surpreendeu o mundo e, sobretudo, a ela mesma, provando-lhe qualquer coisa de absolutamente novo: a mulher também "pode".

Essa descoberta foi a causa do problema surgido na sociedade, e, simultaneamente, de um conflito interior nascido na própria mulher: sabia-se agora possuidora de duas tendências opostas, uma altruísta e outra egocentrista, tendências que a conduziriam a caminhos diversos.

No entanto, o evolver dos tempos, com sua função equilibradora, veio, sem construir teorias, resolver o assunto, cortando, a um tempo, as asas do feminismo exaltado e as do conservadorismo arraigado.

A mulher moderna estuda. Trabalha. E, suas faculdades despertas e desenvolvidas, constitui seu lar, guiando conscientemente seus filhos. As legislações trabalhistas mais adiantadas abrem um capítulo regulador de suas atividades. Aceita-se a nova ordem que, afinal, se trouxe à mulher a alegria de um pouco de liberdade e, sem dúvida, alguns males, também, não foi por ela provocada, mas pelos acontecimentos mundiais e pela consequente instabilidade da vida moderna.

"ENQUETE" ENTRE ESTUDANTES

O problema pertence sobretudo aos jovens, aos que ainda escolhem caminhos. Uma Faculdade de Direito, onde se aprende a aceitar a evolução e a consolidá-la em leis, reflete e capta o modo de sentir da sociedade. Indagamos, pois, de vários colegas nossos, suas opiniões sobre o assunto. E da rápida "enquete", que em parte reproduzimos abaixo, concluímos que já se encara o problema da mulher sem grandes preconceitos e que, tanto moças como rapazes, com certa uniformidade de vistas, colocam a questão no sábio e prudente meio-termo.

Maria Luiza Castelo Branco, aluna do 3º ano, não acha que se possa traçar rigidamente o roteiro de uma mulher em relação ao trabalho.

– De um modo geral, nada há que impeça uma mulher de trabalhar, quando sua remuneração vier atender a uma necessidade. Aliás, num caso destes não há escolha de caminho e o próprio homem tem que concordar. Há outra situação em que admito a mulher no trabalho: quando este corresponde a uma necessidade interior e interessa-lhe particularmente. Nessa hipótese ela deverá, como os mesmos direitos que qualquer outro ser humano, seguir sua vocação. Todos os casos, fora os citados, eu não os justifico. Seu papel, no lar, é bastante absorvente e sério para que ela procure além dele, outro campo de atividade.

– E quanto ao estudo?

– Plena liberdade.

– Por que se decidiu a estudar Direito?

– Pretendia entrar no Itamaraty e, com a cultura adquirida aqui, preparar-me para o concurso.

– Pensa em advogar, algum dia?

– Penso em aproveitar minha profissão, de algum modo, embora não saiba ainda em que sentido.

– Você acha que as mulheres têm os mesmos direitos que os homens?

Maria Luiza reflete um pouco e diz com bom-senso:

– Teoricamente têm. Mas na realidade isso é impossível. Não pelas condições da sociedade, como também, e sobretudo, pela sua própria natureza que fá-la demandar outros direitos, diversos dos que os homens aspiram.

"Que não trabalhe"

Romulo Olivieri, do 2º ano, considera que a mulher nasceu para se dedicar exclusivamente ao lar, à família, e não para cultivar qualquer espécie de trabalho. Deve estudar apenas como um meio de se ilustrar, para que um dia guie o filho, educando-o eficientemente. Romulo é da velha guarda. Antes de tudo, crê numa diferença intelectual entre o homem e a mulher, mais frágil em todos os sentidos.

– Tem notado alguma diferença de nível intelectual, entre os colegas masculinos e femininos, desde o curso primário até agora?

A pergunta é insidiosa. Romulo reluta um pouco.

– Não – diz depois.

"MULHER PODE COMPETIR COM O HOMEM, MAS..."

Luiza Gulkis, do 4º ano, é presidente do Departamento Feminino do Diretório Acadêmico.

– Acho – diz Luiza – que a mulher pode competir com o homem e superá-lo em diversos casos. Mas, se não lhe for necessário trabalhar, que não trabalhe. Ela deve ser para a sociedade uma espécie de exemplo – acrescenta.

– Mas a mulher pode trabalhar sem perder a feminilidade – completa Marilda Viana, do 1º ano, que assiste à conversa.

Luiza concorda, mas mantém sua opinião: que só trabalhe por necessidade material. Luiza estuda Direito porque deseja uma cultura mais ampla. Não pretende advogar. Desiludiu-se com a aridez do curso, no qual esperava encontrar "mais literatura". Depois de terminá-lo, lecionará, seguindo uma profissão que pensa se adaptar melhor à natureza feminina.

"A MULHER CONQUISTOU O DIREITO AO TRABALHO"

Quanto a Virgílio Pires de Sá, do 4º ano, sua opinião é mais liberal.

– A mulher conquistou o direito ao trabalho. A relativa independência em que se acha não foi compreendida até agora.

Mas suas reivindicações são justas e não vejo motivos sérios que a impeçam de trabalhar, a menos que tenha filhos, não necessitando, simultaneamente, do seu ordenado. Nem a pretensa superioridade intelectual do homem, eu a admito. Que ela estude, que trabalhe, que se desenvolva. Um homem só poderá agradecer à companheira, sua capacidade de compreender e a inteligência com que dirigir seus filhos.

CAPÍTULO 4

CLARICE DRAMATURGA

A pecadora queimada e os anjos harmoniosos – *único texto teatral escrito por Clarice Lispector – foi publicado apenas uma vez, em 1964, no volume* A legião estrangeira, *uma coletânea de contos, crônicas e fragmentos.*

Editados anteriormente na prestigiada revista Senhor, *os textos que compunham* A legião estrangeira *dividiam-se em duas partes distintas, publicadas num mesmo volume. A primeira, A legião estrangeira, trazia uma série de contos; e a segunda, batizada de Fundo de gaveta, reunia algumas crônicas, notas soltas e escritos dispersos. Dentre esses textos, encontrava-se* A pecadora queimada.

Na introdução a Fundo de gaveta, Clarice escreve: Por que tirar do fundo de gaveta, por exemplo a "pecadora queimada", escrita por diversão enquanto esperava o nascimento de meu primeiro filho?

De fato, enquanto aguarda o nascimento de Pedro, em 1948, na Suíça, Clarice escreve ao amigo e escritor Fernando Sabino: "Estou me divertindo tanto que você não pode imaginar: comecei a fazer uma 'cena' (não sei dar o nome verdadeiro ou técnico); uma cena antiga, tipo tragédia idade média, com coro, sacerdote, povo, esposo, amante... Em verdade, vos digo, é uma coisa horrível. Mas tive tanta vontade de fazer que fiz contra mim. (...) Você não imagina o prazer... Trabalhando nesta cena, estou descobrindo uma espécie de estilo empoeirado – uma espécie de estilo que está sempre sob o nosso estilo e que é uma mistura de leituras meio ordinárias da adolescência (...) uma mistura de grandiloquência que é na verdade como a gente já quis escrever (mas o bom gosto achou com razão ridículo) (...) Talvez, se chegar a um ponto em que a grandiloquência pelo menos tenha o pudor da gramática, eu lhe mande. O verdadeiro título desta tra-

gédia em um ato seria para mim 'divertimento', no sentido mais velhinho dessa palavra."

Também em carta do poeta João Cabral de Melo Neto endereçada a Clarice, em 1949, encontramos uma menção à mesma peça: "Fico esperando 'O coro dos anjos'. *Você me fala dele tão fabulosamente que minha expectativa aumenta. Embora certo que v. gostará dele, quando impresso num bom papel." O comentário do poeta refere-se à sua intenção de publicar a peça em sua prensa manual, como fizera com o texto de outros escritores.*

O lançamento de A legião estrangeira, *em 1964, seria em grande parte abafado pela estrondosa repercussão de* A paixão segundo G.H, *publicado no mesmo ano. O livro seria relançado pela editora Ática, em 1977, só que dividido em duas edições distintas:* A legião estrangeira *(agora dedicada apenas aos contos); e* Para não esquecer *(reunindo a mesma seleção de fragmentos e escritos dispersos outrora batizada de Fundo de gaveta).*

Desta segunda edição, que na verdade seria publicada postumamente, seria suprimida A pecadora queimada e os anjos harmoniosos, *deixando o texto, deste modo, praticamente inédito e restrito aos conhecedores da publicação de 1964.*

*Em artigo escrito sobre a peça, Earl Fitz – o mais importante estudioso norte-americano de Clarice Lispector – escreve: "*A pecadora queimada *utiliza um tom alegórico para explorar (...) alguns dos temas característicos de Clarice, como o fracasso da linguagem, o silêncio, o isolamento humano, demonstrando aguda consciência a respeito da injustiça que marca a condição da mulher na sociedade humana."*

A PECADORA QUEIMADA E OS ANJOS HARMONIOSOS

ANJOS INVISÍVEIS: Eis-nos quase aqui, vindos pelo longo caminho que existe antes de vós. Mas não estamos cansados, tal estrada não exige força e, se vigor reclamasse, nem o de vossa prece nos ergueria. Só uma vertigem é o que faz rodopiar aos gritos com as folhas até a abertura de um nascimento. Basta uma vertigem, que sabemos? Se homens hesitam sobre homens, anjos ignoram sobre anjos, o mundo é grande e abençoado seja o que é. Não estamos cansados, nossos pés jamais foram lavados. Grasnando a esta próxima diversão, viemos sofrer o que tem que ser sofrido, nós que ainda não fomos tocados, nós que ainda não somos menino e menina. Ei-nos nas malhas da tragédia verdadeira, da qual extrairemos a nossa forma primeira. Quando abrirmos os olhos para sermos os nascidos, de nada nos lembraremos: crianças balbuciantes seremos e vossas mesmas armas empunharemos. Cegos no caminho que antecede passos, cegos prosseguiremos quando de olhos já vendo nascermos. Também ignoramos a que viemos. Basta-nos a convicção de que aquilo a ser feito será feito: queda de anjo é direção. Nosso verdadeiro começo é anterior ao visível começo, e nosso verdadeiro fim será posterior ao fim visível. A harmonia, a terrível harmonia, é o nosso único destino prévio.

SACERDOTE: No amor pelo Senhor não me perdi, sempre seguro no Teu dia como na Tua noite. E esta simples mulher por tão pouco se perdeu, e perdeu a sua natureza, e ei-la a nada mais possuir e, agora pura, o que lhe resta ainda queimarão. Os estranhos caminhos. Ela consumiu sua fatalidade num só pecado em que se deu toda, e ei-la no limiar de ser salva. Cada humilde via é via: o pecado grosseiro é via, a ignorância dos mandamentos é via, a concupiscência é via. Só não era via a minha prematura alegria de percorrer como guia e tão facilmente a sacra via. Só não era via a minha presunção de ser salvo a meio do caminho. Senhor, dai-me a graça de pecar. É pesada a falta de tentação em que me deixaste. Onde estão a água e o fogo pelos quais nunca passei? Senhor, dai-me a graça de pecar. Esta vela que fui, acesa em Teu nome, esteve sempre acesa na luz e nada vi. Mas, ah esperança que me abrirá as portas de Teu violento céu: agora percebo que, se de mim não fizeste o facho que arderá, pelo menos fizeste aquele que ateia o fogo. Ah esperança, na qual ainda vejo meu orgulho de ser eleito: em culpa bato no peito, e com alegria que eu desejaria mortificada digo: o Senhor apontou-me para pecar mais que aquela que pecou, e afinal consumirei minha tragédia. Pois foi de minha palavra irada que Te serviste para que eu cumprisse, mais do que o pecado, o pecado de castigar o pecado. Para que tão baixo eu desça de minha perigosa paz que a escuridão total – onde não existem candelabros nem púrpura papal e nem mesmo o símbolo da Cruz –, a escuridão total sejas Tu. "As trevas não te cegarão", foi dito nos Salmos.

POVO: Há dias temos fome e aqui estamos a buscar alimento.

Entram pecadora e dois guardas.

SACERDOTE: "Ela fez suas delícias da escravidão dos sentidos", pelo sinal da Santa Cruz.

Povo: Ei-la, ei-la e ei-la.

Criança com sono: Ei-la.

Mulher do Povo: Ei-la, a que errou, a que para pecar de dois homens e de um sacerdote e de um povo precisou.

1º Guarda: Somos os guardas de nossa pátria. Sufocamos em abafada paz, e da última guerra já esquecemos até os clarins. Nosso amado rei nos espalha em postos de extrema confiança, mas na vigília inútil de nossa virilidade quase adormecemos. Feitos para gloriosamente morrer, eis que envergonhadamente vivemos.

2º Guarda: Somos um guarda de um Senhor, cujo domínio nos parece bem confuso: ora se estende até onde vão as fronteiras marcadas por costume e uso, e nossas lanças então se erguem ao grito da fanfarra. Ora tal domínio penetra em terras onde existe lei bem anterior. Pois eis-nos desta vez a guardar o que por si mesmo será sempre guardado, pelo povo e pelo fado. Sob este céu de asfixiada tranquilidade, pode faltar o pão, mas nunca faltará o mistério da realização. Pois que estamos nós fantasticamente a velar? Senão o destino de um coração.

1º Guarda: Como vossas últimas palavras lembram o saudoso reboar de um canhão. Que desejo de enfim vigiar um mundo menor, onde seja nossa lança a ferir de morte o que vai morrer. Mas cá estamos a guardar uma mulher que a bem dizer por si mesma já foi incendiada.

Anjos Invisíveis: Incendiada pela harmonia, a sangrenta suave harmonia, que é o nosso destino prévio.

Entra o esposo.

Povo: Eis o marido, aquele que foi traído.

Esposo: Ei-la, a que será queimada pela minha cólera. Quem falou através de mim que me deu tal fatal poder? Fui eu aquele que incitou a palavra do sacerdote e juntou a tropa deste povo e despertou a lança dos guardas, e deu a este pátio tal ar de glória que abate os seus muros. Ah, esposa ainda amada, desta invasão eu queria estar livre. Sonhava estar só contigo e recordar-te nossa alegria passada. Deixai-a só comigo, pois desde ontem vivo e não vivo, deixai-a só comigo. Diante de vós – estrangeiros à minha felicidade anterior e à minha desdita de agora – não consigo mais ver nesta mulher aquela que foi e não foi minha, nem na nossa festa passada aquela que era e não era nossa, nem consigo sentir a amargura que esta é minha e só minha. Que sucede a este meu coração que não reconhece mais o filho de sua Vingança? Ah, remorso: eu deveria ter vibrado o punhal com minha própria mão, e saberia então que, se fora eu o traído era eu mesmo o vingado. Mas esta cena não é mais de meu mundo, e esta mulher, que recebi na modéstia, eu perco ao som de trombetas. Deixai-me só com a pecadora. Quero recuperar meu antigo amor, e depois encher-me de ódio, e depois eu mesmo assassiná-la, e depois adorá-la de novo, e depois jamais esquecê-la, deixai-me só com a pecadora. Quero possuir a minha desgraça e a minha vingança e a minha perda, e vós todos impedis que seja eu o senhor deste incêndio, deixai-me só com a pecadora.

Sacerdote: Há quantos anos não nascia um santo. Há quantos anos uma criança não profetizava no berço. Há quantos anos o cego não via, o leproso não se curava, ah, que árido tempo.

Estamos sob o peso de tal mistério a se revelar que no primeiro a quem se apontar, num raio, Teu esperado milagre há de se consumar.

1º GUARDA: Cada um diz e ninguém ouve.

2º GUARDA: Cada um está só com a culpada.

Entra o Amante.

1º GUARDA: A comédia está completa: eis o amante, estou radiante.

POVO: Eis o amante, eis o amante e eis o amante.

CRIANÇA COM SONO: *Eis o amante.*

AMANTE: Ironia que não me faz rir: chamar de amante aquele que de amor ardeu, chamar de amante aquele que o perdeu. Não o amante, mas o amante traído.

POVO: Não compreendemos, não compreendemos e não compreendemos.

AMANTE: Pois esta mulher que nos meus braços a seu esposo enganava, nos braços do esposo enganava aquele que o enganava.

POVO: Pois então escondia do esposo o seu amante, e do amante escondia o esposo? Eis o pecado do pecado.

AMANTE: Mas eu não rio e por um momento não sofro. Abro os olhos até agora fechados pela jactância, e vos pergunto: quem? Quem é esta estrangeira, quem é esta solitária a quem não bastou um coração.

ESPOSO: É aquela para quem das viagens eu trazia brocado e preciosa pedraria, e por quem todo o meu comércio de valor se tornara um comércio de amor.

AMANTE: Pois na sua límpida alegria ela me vinha tão singular que jamais eu a suporia vinda de um lar.

ESPOSO: Não houve joia que ela não cobiçasse, e com ela a nudez do colo não abafasse. Nada existiu que eu não lhe desse, pois para um viajante humilde e fatigado a paz está na sua mulher.

SACERDOTE: "Os inimigos do homem estão na sua própria casa."

ESPOSO: Mas na transparência de um brilhante ela já perscrutava a vinda de um amante. Quem vos diz é quem experimentou a peçonha: acautelai-vos de uma mulher que sonha.

AMANTE: Ah, desdita, pois se também junto a mim ela sonhava. O que então mais desejava? Quem é esta estrangeira?

SACERDOTE: É aquela a quem nos dias santos dei inutilmente palavras de Virtude que poderiam sua nudez cobrir com mil mantos.

MULHER DO POVO: Todas estas palavras têm estranhos sentidos. Quem é esta que pecou e mais parece receber louvor ao pecado?

AMANTE: É aquela irrevelada que só a dor aos meus olhos revelou. Pela primeira vez, amo. Eu te amo.

ESPOSO: É aquela a quem o pecado tardiamente me anunciou. Pela primeira vez eu te amo, e não à minha paz.

POVO: É aquela que na verdade a ninguém se deu, e agora é toda nossa.

ANJOS INVISÍVEIS: Pois é terrível a harmonia.

POVO: Não compreendemos, não compreendemos e etc.

ANJOS INVISÍVEIS: Mesmo aquém da orla do mundo nós mal entendemos, quanto mais vós, os famintos, e vós, os saciados. Que vos baste a sentença geradora: o que tem de ser feito será feito, este é o único princípio perfeito.

POVO: Não compreendemos, temos fome e temos fome.

1º GUARDA: Esta gente fatigante, se for chamada a festa ou enterro, é possível que cante...

POVO: ... Temos fome.

2º GUARDA: Armam sempre a mesma emboscada que consiste numa só entoada...

POVO: ... Temos fome.

SACERDOTE: Não interrompais com vossa fome, antes sossegai, pois vosso será o Reino dos Céus.

POVO: Onde comeremos, comeremos e comeremos, e tão gordos ficaremos que pelo buraco de uma agulha enfim e enfim não passaremos.

SACERDOTE: Que veio fazer este povo? E a que vieram o esposo, o amante, os guardas? Pois sozinha comigo, e esta mulher seria incendiada.

AMANTE: Que veio fazer esta gente? Sozinha comigo, ela amaria de novo, de novo pecaria, arrepender-se-ia de novo – e assim num só instante o Amor de novo se realizaria, aquele em que em si próprio traz o seu punhal e fim. Eu te lembraria dos recados ao cair da noite... O cavalo impaciente aguardava, a lanterna no pátio... E depois... Ah, terra, teus campos ao amanhecer, certa janela que já começava no escuro a madrugar. E o vinho que de alegria eu depois bebia, até com lágrimas de bêbado me turvar. (Ah então é verdade que mesmo na felicidade eu já procurava nas lágrimas o gosto prévio da desgraça experimentar.)

ANJOS INVISÍVEIS: O gosto prévio da terrível harmonia.

CRIANÇA COM SONO: Ela está sorrindo.

POVO: Está sorrindo, está sorrindo e está sorrindo.

ESPOSO: E seus olhos brilham úmidos como numa glória...

MULHER DO POVO: Afinal que sucede que esta mulher a ser queimada já se torna a sua própria história?

POVO: A que sorri esta mulher?

SACERDOTE: Talvez pense que, sozinha, e já seria incendiada.

POVO: A que sorri esta mulher?

1º E 2º GUARDAS: Ao pecado.

ANJOS INVISÍVEIS: À harmonia, harmonia, harmonia que não tarda.

AMANTE: Sorris inacessível, e a primeira cólera me possui. Lembra-te que na alcova onde te conheci era outro o teu sorriso, e o brilho de teus olhos, as tuas únicas lágrimas. Por que estranha graça o pecado abjeto transfigurou-te nesta mulher que sorri cheia de silêncio?

ESPOSO: Ira impotente: ei-la sorrindo, de mim ainda mais ausente do que quando era de um outro. Por que ouviu-me este povo tão mais do que minhas palavras queriam ser ouvidas? Ah, mecanismo cruel que desencadeei com meus lamentos de ferido. Pois eis que a tornei inatingível mesmo antes dela morrer. O incitamento ao incêndio foi meu, mas não será minha vitória: esta pertence agora ao povo, ao sacerdote, aos guardas. Pois vós, infelizes, esconder não podeis que é de meu infortúnio que enfim vivereis.

AMANTE: Sorris porque me usaste para ainda viva seres pelo fogo ardida.

ESPOSO: Ouve-me ainda uma vez, mulher... (Como é estranho, talvez ela ouvisse, mas sou eu que não encontro mais as antigas palavras. Dúvida que já não tem fronteiras: quando é que fui eu e quando é que não o fui? Era eu quem a amava, mas quem é este a ser vingado? Aquele que em mim até agora falava, calou-se logo que atingiu os seus desígnios. Que sucede que não reconheço a antiga face de meu amor? Talvez ela me ouvisse, mas falar para mim terminou.)

ANJOS INVISÍVEIS: Retira as mãos do rosto, esposo. Aquele que foste já cessou, o abrir-se da cortina revelou: que és a ínfima, ínfima, ínfima roda da terrível, terrível harmonia.

AMANTE: Pensei que vivera, mas era ela quem me vivia. Fui vivido.

ESPOSO: Como te reconhecer, se sorris toda santificada? Estes braços castos não são os braços que enganosos me abraçavam. E estes cabelos serão os mesmos que eu desatava? Interrompei-vos, quem vos diz é o mesmo que vos incitou. Pois vejo um erro e vejo um crime, uma confusão monstruosa: ei-la que pecou com um corpo, e incendeiam outro.

SACERDOTE: Mas "Senhor, sois sempre o mesmo".

1º GUARDA: Todos lamentam o que já é tarde para lamentar, e discordam por discordar, quando bem sabem que aqui vieram para matar.

2º GUARDA: Eis enfim chegado o momento que nos dará o sabor da guerra.

SACERDOTE: Eis chegado o momento em que, pela graça do Senhor, pecarei com a pecadora, arderei com a pecadora, e nos infernos onde com ela descerei, pelo Teu nome me salvarei.

ANJOS INVISÍVEIS: Eis chegado o momento. Já sentimos uma dificuldade de aurora. Estamos no limiar de nossa primeira forma. Deve ser bom nascer.

POVO: Que fale a que vai morrer.

SACERDOTE: Deixai-a. Temo dessa mulher que é nossa uma palavra que seja dela.

POVO: Que fale a que vai morrer.

AMANTE: Deixai-a. Não vedes que está tão sozinha.

POVO: Que fale, que fale e que fale.

ANJOS INVISÍVEIS: Que não fale... Que não fale... Já mal precisamos dela.

POVO: Que fale, que fale e que etc.

SACERDOTE: Tomai-lhe a morte como palavra.

POVO: Não compreendemos, não compreendemos e não compreendemos.

1º E 2º GUARDAS: Afastai-vos, pois o fogo pode se alastrar e através de vossas vestes toda a cidade incendiar.

POVO: Este fogo já era nosso, e a cidade inteira queima.

1º E 2º GUARDAS: Eis o primeiro clarão. Viva o nosso Rei.

POVO: Marcada pela Salamandra.

1º E 2º GUARDAS: Marcada pela Salamandra...

ANJOS INVISÍVEIS: Marcada pela Salamandra...

1º E 2º GUARDAS: Vede a grande luz. Viva o nosso Rei.

POVO: Pois então hurra, hurra e hurra.

ANJOS INVISÍVEIS: Ah...

SACERDOTE: Ave-maria, até onde descerei¿, "se bem que nada tenha a me censurar, isto não basta para me justificar", "Senhor liberai-me de minha necessidade", orai, orai...

ANJOS INVISÍVEIS: ... Estremecei, estremecei, uma praga de anjos já escurece o horizonte...

AMANTE: Ai de mim que não sou queimado. Estou sob o signo do mesmo fado mas minha tragédia não arderá jamais.

ANJOS NASCENDO: Como é bom nascer. Olha que doce terra, que suave e perfeita harmonia... Daquilo que se cumpre nós nascemos. Nas esferas onde pousávamos era fácil não viver e ser a sombra livre de uma criança. Mas nesta terra onde há mar e espumas, e fogo e fumaça, existe uma lei que é antes da lei e ainda antes da lei, e que dá forma à forma, à forma. Como era fácil ser um anjo. Mas nesta noite de fogo que desejo furioso, perturbado e vergonhoso de ser menino e menina.

ESPOSO: Ela pecou com um corpo e incendeiam outro. Fui ferido numa alma, e eis-me vingado noutra.

POVO: Que bela cor de trigo tem a carne queimada.

SACERDOTE: Mas nem a cor é mais dela. É a de Chama. Ah como arde a purificação. Enfim sofro.

POVO: Não compreendemos, não compreendemos e temos fome de carne assada.

ESPOSO: Com meu manto eu ainda poderia abafar o fogo de tuas vestes!

AMANTE: Nem a sua morte ele compreende, aquele que partilhou comigo aquela que não foi de ninguém.

SACERDOTE: *Como sofro. Mas "ainda não resiste até o sangue".*

ESPOSO: Se com o meu manto eu apagasse as tuas vestes...

AMANTE: Poderias, sim. Mas compreende: teria ele a força de espalhar em longa vida o puro fogo de um instante?

SACERDOTE: Ei-la, a que se tornará cinza e pó. Ah, "sois verdadeiramente um Deus oculto".

1º GUARDA: Eu vos digo, arde mais depressa que um pagão.

SACERDOTE: "O mundo passa e sua concupiscência com ele."

2º GUARDA: Eu vos digo, é tanta a fumaça que mal vejo o corpo.

ESPOSO: Mal vejo o corpo do que fui.

SACERDOTE: Louvado o Nome do Senhor, "Vossa graça me basta", "aconselho-te para te enriqueceres comprar de mim ouro experimentado pelo fogo", foi dito no Apocalipse, louvado seja o nome do Senhor.

POVO: Pois amém, amém, e amém.

SACERDOTE: "Ela fez suas delícias da escravidão dos sentidos."

ESPOSO: Não passava de uma mulher vulgar, vulgar, vulgar.

AMANTE: Ah ela era tão doce e vulgar. Eras tão minha e vulgar.

SACERDOTE: Eu sofro.

AMANTE: Para mim e para ela começou o que há de ser para sempre.

OS ANJOS NASCIDOS: Bom-dia!

SACERDOTE: "Esperando que o dia da eterna claridade se erga e que as sombras dos símbolos se dissipem."

1º E 2º GUARDAS: Todos falam e ninguém ouve.

SACERDOTE: É uma confusão melodiosa: já ouço os anjos dos que morrem.

OS ANJOS NASCIDOS: Bom-dia, bom-dia e bom-dia. E já não compreendemos, não compreendemos e não compreendemos.

ESPOSO: Maldita sejas, se pensas que de mim te livraste e que de ti eu me livrei. Sob o peso de atração brutal, não sairás de minha órbita e eu não sairei da tua, e com náusea giraremos, até que ultrapassarás a minha órbita e eu ultrapassarei a tua, e num ódio sobre-humano seremos um só.

SACERDOTE: A beleza de uma noite sem paixão. Que abundância, que consolação. "Ele fez grandes e incompreensíveis obras."

1º E 2º GUARDAS: Exatamente como na guerra, queimando o mal, não é o bem que fica...

OS ANJOS NASCIDOS: ... nós nascemos.

POVO: Não compreendemos e não compreendemos.

ESPOSO: Regressarei agora à casa da morta. Pois lá está minha antiga esposa a esperar-me nos seus colares vazios.

SACERDOTE: O silêncio de uma noite sem pecado... Que claridade, que harmonia.

CRIANÇA COM SONO: Mãe, que foi que aconteceu?

OS ANJOS NASCIDOS: Mamãe, que foi que aconteceu?

MULHERES DO POVO: Meus filhos, foi assim: etc. etc. e etc.

PERSONAGEM DO POVO: Perdoai-os, eles acreditam na fatalidade e por isso são fatais.

CAPÍTULO 5

CLARICE MÃE

Na década de cinquenta, período em que vive em Washington, Clarice Lispector mantém um caderno intitulado Conversas com P. onde registra diálogos com seus filhos ainda pequenos, Pedro e Paulo.

Passagens escritas em português alternam-se com outras, em inglês, já que mãe e filhos costumavam falar os dois idiomas dentro de casa. Em entrevista para o Jornal do Brasil*, em 1977, Clarice afirma: "*A maçã no escuro *eu escrevi em Washington, sentada no sofá da sala com a máquina no colo, para que os meus filhos não tivessem junto de si uma escritora, e sim uma mãe acessível." De fato, ao longo da vida, Clarice manteria a mesma postura, produzindo grande parte de sua obra em meio a seu cotidiano doméstico.*

A interseção entre mãe e escritora se faria sentir em sua produção ficcional e, deste modo, é interessante observar que as transcrições feitas por Clarice em Conversas com P. em nada diferem de pequenos diálogos com seus filhos, que aparecem publicados em Para não esquecer, *e em crônicas escritas para sua coluna no* Jornal do Brasil, *e que posteriormente fariam parte de* A descoberta do mundo.

Em Futuro de uma delicadeza, fragmento que aparece em Para não esquecer, *Clarice anota: "Mamãe, vi um filhote de furacão, mas tão filhotinho, tão pequeno ainda, que só fazia mesmo era rodar bem de leve umas três folhinhas na esquina..." Já em "Come, meu filho", crônica do mesmo livro, ela transcreve o diálogo travado com seu filho na hora do almoço: "Mamãe, pepino não parece inreal? (...) é cheio de desenho bem igual, é frio na boca, faz barulho de um pouco de vidro quando se mastiga. Você não acha que pepino parece inventado?" Paulo Gurgel Valente, filho de*

Clarice, recorda: "Essa cena do pepino foi assim: hora de ir para a escola, onze da manhã, a criança tem que almoçar, vestir o uniforme, ela acompanhando na mesa, come, meu filho, aquela descrição... é a transcrição inteira, literal das falas."

Na verdade, a utilização de material pessoal em sua produção era de tal modo habitual que, em "Vietcong", crônica publicada no Jornal do Brasil em 25 de abril de 1970, ela registra um comentário crítico por parte de um de seus filhos: "'Por que é que você às vezes escreve sobre assuntos pessoais¿' (...) É fatal numa coluna que aparece todos os sábados, terminar sem querer comentando as repercussões em nós de nossa vida diária. (...) Meu filho, então, disse: 'Por que é que você não escreve sobre Vietcong¿'"

Na verdade, através do registro de seu cotidiano com os filhos, Clarice não apenas observava "as repercussões de sua vida diária em si mesma", mas perseguia algo que parecia cada vez mais exercer um fascínio sobre ela: a relação inocente e liberta que as crianças pareciam manter com a linguagem.

Na epígrafe de Um sopro de vida – seu último trabalho, publicado postumamente – encontramos um fragmento de autoria de Andréa Azulay, uma menina de dez anos com a qual Clarice manteve extensa e interessada correspondência: "O sonho é uma montanha que o pensamento há de escalar. Não há sonho sem pensamento. Brincar é ensinar ideias."

Andréa – filha de um amigo próximo de Clarice – costumava lhe enviar regularmente pequenos poemas escritos por ela, e Clarice não só os comentava, como termina por contratar um desenhista para que produza cinco exemplares caseiros do primeiro livro escrito pela menina. Ela presenteia Andréa com os exemplares, escrevendo antes na contracapa: "Eu sou a primeira editora de Andréa Azulay e este é o seu primeiro livro. Ela o escreveu com dez anos de idade. Nunca ninguém lhe ensinou a escrever: trata-se de um dom."

Num estudo sobre as incontáveis personagens infantis que povoam a obra de Clarice, o filósofo José Américo Motta Pessanha observa: "As crianças surgem em sua obra em convite à desracionalização: caminho à realidade viva e autêntica do homem, em convite ao 'eu' profundo (...) Porque não treinam a razão discursiva, as crianças olham o mundo mais de perto."

Em Conversas com P. – publicado em sua versão integral na presente edição –, Clarice produz anotações que possivelmente a fazem refletir sobre o comentário do escritor Pedro Bloch (reproduzido por ela em uma de suas crônicas): "Para captar tantas coisas maravilhosas ditas pelas crianças é só ter ouvidos de ouvir criança. (...) Aprendo com as crianças tudo o que os sábios ainda não sabem."

CONVERSAS C/ P.

29 SETEMBRO 1955

P. ansioso: Quero que o Paulo me espere! Eu não quero que ele se vista antes de mim!

– Já disse que você não tem nada a ver com o Paulo: faça o que tem de fazer, você é você, ele é ele.

– Quer dizer que eu faço o que eu quero¿

– É.

– Da vida¿

– É.

– Por quê¿

– Porque todo mundo faz.

– Até os cachorros¿

– É.

* * *

ONTEM, 28 SETEMBRO 1955

Ele passeando apressado de um lado para outro, com ar interessado e concentrado.

– O que houve, Pedro¿

– Estou pensando.

– O quê¿

Ele com cara de desprezo misturado com orgulho, e receio de que eu não desse importância, e assim ele próprio não quis dar importância.

– Ah, apenas sonhos bobos, malucos!

– Não, eles não são bobos, nem malucos. Eu adoro os seus sonhos! Conte para mim.

– Ah, às vezes tenho esses sonhos bobos e estranhos. Às vezes tenho sonhos terríveis.

– Quando está dormindo?

– Não. Tenho sonhos terríveis quando não estou na cama. Eu sei resolver sonhos terríveis! (com cara de orgulho) Mas não tenho medo! Eu não me importo! (era mentira, ele estava negando, sem ninguém pedir, a verdade, defendendo-se dela)

– Conte-me um sonho terrível.

Ele custou muito, gaguejou, hesitou. O que saiu foi:

– São sonhos terríveis de águias voando por perto, mas elas não me bicam! Eu nem ligo! Às vezes são dinossauros! Mas eu sei que não são de verdade! Sonhos não viram verdade! Mas eu consigo resolver esses sonhos terríveis... E sonhos estranhos também.

– Fale desses sonhos estranhos.

– Ah, são bobos! – disse rindo. – Como bebês num ninho, feito passarinhos; como comer grama! Como pessoas pondo ovos, iguais aos répteis!

Pausa, passeio.

– Eu também tenho outros sonhos. Não são estranhos, nem terríveis. São sonhos bonitos, sonhos verdadeiros.

– Como o quê?

Com dificuldade, o que saiu foi:

– Eu me transformo em outras coisas e passo a ser outras coisas.

Pausa, passeio.

– Sonho que mudei de voz, que minha voz é outra, que tenho uma voz grave e linda! Assim: parabéns seu grande...! (voz áspera e rouca) Vá para os seus aposentos, seu grande...!

Outras demonstrações.

Eu – Gosto mais da sua voz mesmo do que dessa.

– Mas deixa eu mostrar essa, essa não é áspera! Mamãe, deixa eu mostrar, não vai demorar! (pegando o meu rosto e meio implorando e rindo): Quero alegrar você e me alegrar!

– Está bem. Eu tenho tempo. Mostre-me!

Ele demonstrou várias vozes, todas masculinas e autoritárias, todas com ar de palco.

De repente ele disse:

– Vamos parar de falar de sonhos. Já chega.

Anteriormente, meses atrás, ele me disse, ao ouvir num disco uma mulher cantando, e disse com certo deslumbramento de descoberta:

– Mamãe! A voz é feita de nada!

Em outra ocasião, ouvindo um disco sem nenhuma voz, no qual o violoncelo era o instrumento principal, ele me disse:

– Gosto dessa música. Parece a voz da terra.

* * *

Conversa.

Ele mudou sozinho a estação da televisão e exatamente para a estação que ele queria:

– Mamãe, eu consegui! Sozinho, eu consegui! Está orgulhosa de mim?

– Sim, estou. Mas eu me orgulho de você de qualquer jeito, mesmo quando não faz isso.

A resposta não o satisfez, desiludiu-o um pouco. Ele parecia querer que eu me orgulhasse especialmente da mudança da estação. Ele voltou ao assunto um minuto depois:

– Está orgulhosa?

– Muito.

– Estou orgulhoso... – ele se interrompeu meio embaraçado, sorrindo com timidez.

Eu – Você ia dizer que está orgulhoso com você mesmo? Pode falar, tudo bem! Muitas vezes nos orgulhamos de nós mesmos. Pode dizer, querido.

E ele um pouco emocionado me respondeu:

– Mamãe, eu gosto do seu coração.

– Por quê?

– Porque é doce.

* * *

De noite, me chamou na cama.

– Mamãe, estou triste.

– Por quê?

– Porque é noite e eu amo você.

(1954)

* * *

– Mamãe, faça alguma coisa para eu não machucar o Paulo.

– Está bem: Ordeno que não o machuque e que me obedeça.

– Ah, não! Não é assim! Faça alguma coisa para eu não *querer* machucar o Paulo.

(1954)

* * *

– Por que aquele pinguim é menor e mais gordo do que esse?

– Leia o que está escrito embaixo, talvez tenha a explicação.

– Ah, não, eles nunca sabem, sempre dizem que foi Deus que fez.

* * *

1968	1954	
1954.	1948.	6 anos
14	0006	

1954 – Período em que dinossauros eram o seu assunto mais importante e motivo central de seus pensamentos, inclusive ao que parece, a razão dos pesadelos. Ele inventou um lugar na África chamado "Chaburo Country" onde morava o dinossauro, que tinha minhas mãos e meus cabelos, e era movido a eletricidade. Apertava-se um botão e ele funcionava. (Depois me lembrarei de outros detalhes.)

* * *

Aula de aritmética comigo.

– Pedro, você não está lendo onde devia ler: não tem nada que ler as instruções para pais e professores.

– Não posso fazer nada se meus olhos são grandes!

* * *

Aula de aritmética.

Ele lendo em silêncio as instruções do pequeno problema, eu fiquei sem saber se ele estava realmente lendo ou pensando em outra coisa.

– Pedro, leia em voz alta!

– Não, porque meus olhos são melhores do que a minha boca.

* * *

– Mamãe, eu sei como fazer uma bola quadrada.

– Como?

– Você ouve uma música e no seu cérebro [*brain*] (ele diz: *braim*) você faz uma bola quadrada.

– Que música?

Impaciente, contendo a chateação.

– Qualquer – tipo – de – música!

* * *

Com 4 anos, andando na rua com grande cuidado não só para não pisar na lama, como para estar bem longe dela.

– Pedro, basta não pisar na lama! Pra quê esse cuidado?

– Para não sujar a minha sombra.

* * *

Paixão por uma menina vestida de vermelho, que ele chamou logo "*the girl-in-the-red-dress*" [a menina-de-vestido-vermelho], vista rapidamente uma só vez.

– Eu quero correr com ela nas montanhas! Eu quero que ela seja o meu jantar! Ela é tão apetitosa! Olha só o meu rosto: olha como eu fico quando vejo uma menina!

Chamou o pai para mostrá-la, mas a menina não estava mais lá, estava a mãe. E ele, aflito, pensando que o pai se enganaria e pensaria que era essa a menina:

– Não, não, papai! Não é essa! Essa não é tão apetitosa!

De novo no jantar, sonhador, preocupado:

– Eu quero comer a menina-de-vestido-vermelho!

Passou o fim de semana em pura paixão, sorrindo pelos cantos, me fez prometer que o levava de novo ao *playground* para achar a menina. Ligeira insônia no sábado. Domingo fomos ao *playground*, como eu tinha prometido, e perto ele se encolheu no chão do carro. Eu o tinha preparado para a possibilidade da menina não estar lá. Ela não estava. Ele fez um rosto que não consegui decifrar – e nunca mais, desde este instante, falou da menina.

* * *

1954 – no aeroporto quando íamos de férias para o Rio, ele vê uma menina e me diz furtivo, afobado:

– Olha uma menina bonita!

Ficou agitadíssimo e disse:

– Mamãe, quando eu vejo uma moça eu até sinto o cheiro do meu paninho! (O pedaço de pano com que desde que nasceu, ele dorme. Quando o pano era lavado ele reclamava a ausência de cheiro. Uma vez disse: mamãe, o paninho tem cheiro de mamãe!)

* * *

Olhando para o céu.

– Mamãe, o céu é igual ao mar.

* * *

– Mamãe, eu sou diferente dos outros meninos.

– Não é não.

– Sou sim!

– Todo mundo é um pouquinho diferente, e todo mundo também é igual.

– Não, eu sou diferente.

– Você é diferente em quê?

– Porque alguns meninos são exatamente como eles são. Eu sou assim!

* * *

Quando fez seis anos, no Rio. Antes não tinha demonstrado nenhuma alegria pela festa que se estava preparando. Mas quando vestiu a roupa nova, disse muito sério:

– Estou tão contente que existe mim.

* * *

Ele me viu trabalhando na máquina.

Me olhou algum tempo e perguntou de repente:

– Mamãe, você é uma boa escritora?

* * *

Conversa com o pai. Estavam vendo um livro de répteis.

– O que é um réptil?

– Um sapo, uma cobra.

– Papai, o cientista alguma vez chama gato de gato?

* * *

Tomou conhecimento de "escrever literatura" através de Érico.

– Mamãe, quando eu crescer, posso ser três coisas?

– Pode. Quais?

– Escritor, cientista e caçador.

* * *

– Por que Deus fez os bichos antes de fazer as pessoas?

* * *

– Por que Deus quis nos fazer?

* * *

– Eu posso inventar histórias no meu cérebro.

* * *

– Não consigo parar de pensar. Fico pensando, pensando, pensando, não tem como desligar isso!

* * *

– Eu sei uma palavra nova: caricatura.

– Sabe o que quer dizer?

– Sei. É assim: se você põe um chapéu na cabeça de um cachorro, isso é uma caricatura.

Mais tarde:

– Algumas pessoas parecem caricaturas.

– Por quê?

– Porque não parecem de verdade.

* * *

Para mim, autoritário:

– Não quero que você escreva! Você é uma mãe!

* * *

– Eu não vou namorar. Vou só casar.

* * *

Com 6 anos, intrigado, sorrindo, preocupado.

– Mamãe, por que gosto de andar atrás das meninas?

* * *

Ficou algum tempo no porão.

– Pedro, que é que você estava fazendo no porão?

– Sonhando.

* * *

Dia 30 setembro 1955 – Eu estava lendo alto (mas em tom baixo) uma página escrita para "ouvir" os defeitos, Pedro se aproximou, olhou e disse:

– Você está lendo alto para ver se faz sentido?

Eu, abobalhada:

– É, exatamente isso.

– O que quer dizer "fazer sentido"? O que é "sentido"?

* * *

A ideia que ele faz de "mãe" – estava me contando muito animado uma história:

– O menino estava lá porque estava caçando leões na África – e aí – e aí – e aí (com ar chateado) e aí a mãe dele chegou e disse pra ele: é hora de ir para a cama.

* * *

– Mamãe, eu tenho ouvidos especiais. Posso ouvir música no meu cérebro, e posso ouvir vozes também, que não estão lá.

* * *

– Mamãe, eu tenho olhos especiais. Posso ver coisas que não existem.

– Mas você sabe que elas não são de verdade?

– É claro que eu sei (meio ofendido com um ar de coisa óbvia).

Pausa.

– É uma coisa que vem do meu cérebro e se mistura com os meus olhos, e eu posso ver coisas! – de repente com deslumbramento – Ah, e eu sei o nome disso, eu sei como se chama. É um sonho de olho!

Pausa. Um pouco avidamente:

– Mamãe, você também tem sonhos de olho?

– Tenho, acho que tenho.

Satisfeito:

– Que bom! Nós dois temos sonho de olho.

Avany:

– Eu também tenho?

Ele, com a expressão curiosa, como se só ela pudesse saber:

– Você tem?

– Às vezes.

– Então, disse ele com ar categórico, você tem sonhos de olho.

* * *

Interessadíssimo em transformar o Canadá num continente. De vez em quando falamos nisso. Um dia, de repente, com um ar de raiva, esperança e confiança e ameaça:

Eu tenho que transformar o Canadá num continente! Quando eu crescer vou fazer isso! Algum dia vou provar que o Canadá é um continente!

Dias depois, um pouco encabulado, emocionado:

– Quando as pessoas escreverem um livro sobre o Canadá, o que é que vão dizer de mim?

Eu: Diga você.

Ele: Não! Diz você!

Eu: Diz você!

Ele, encabulado: Eles vão dizer, Pedro é o homem que transformou o Canadá num continente.

* * *

Conversa com o pai.

– O Alasca tem um centro?

– Tem.

– O Canadá tem um centro?

– Tem, todo país tem um centro. Tudo tem um centro.

– Tudo tem um centro?

– Tem.

– Uma linha tem um centro?

* * *

Avany mandando ele guardar os brinquedos, e ele se negando e com preguiça.

Avany: – Essa é engraçada. Você brinca com os brinquedos e sou eu que tenho que guardar!

Pedro com voz pausada, claramente "citando":

– "Pois o homem deve trabalhar e a mulher deve chorar."

Eu espantada: Chorar? Chorar? Chorar?

Ele sorrindo meio pomposo: É!

Eu: Quem te disse isso?

Ele: Ninguém. Eu li na enciclopédia.

Eu: Que tipo de história era essa?

Ele: Não era história! É poesia.

Eu: Você gosta de poesia?

Ele andando de um lado para outro, e com um ar de meio orgulho, meio desprezo, e muita segurança:

– Algumas!

– Pedro, como você explica que os homens devem trabalhar e as mulheres devem chorar?

Ele, um pouco impaciente comigo:

– Ah, mamãe, isso é poesia!

* * *

– A primeira vez que você viu o meu pai (corrigiu-se e disse) a primeira vez que você viu Maury ele era um desconhecido para você?

– Era.

– Mas você quis casar com esse desconhecido?

– Quis.

– Você se casou com quem você queria?

* * *

Paulinho (3 anos) – explica como nasceu.

– Num avião uuuuuuuuu! Mas eu estava sozinho e fiquei esperando sozinho! E aí eu desci nessa mesa e aqui. E liguei a televisão.

* * *

Pedro.

– A palavra "palavra" é ex-possível!

– Ex-possível?

– É! Gosto mais de dizer ex-possível do que impossível! A palavra "palavra" é ex-possível porque significa palavra.

CAPÍTULO 6

CLARICE COLUNISTA FEMININA

Em 1952, Clarice Lispector é convidada por Rubem Braga para assinar uma página feminina em O Comício *– tabloide que seria um dos precursores da imprensa alternativa – fundado por ele, Joel Silveira e Rafael Corrêa de Oliveira. O jornal teria curta duração – quatro meses – contando com um time de colaboradores de primeira linha: Millôr Fernandes, Paulo Mendes Campos, Fernando Sabino, Sérgio Porto, Antônio Maria, Tiago de Mello, Hélio Pellegrino, Lúcio Rangel, Otto Lara Resende, além do próprio Rubem e Joel Silveira.*

Depois de seis anos na Europa, Clarice havia voltado a residir no Brasil – entre junho de 1949 e setembro de 1952 – já que seu marido havia sido transferido para o Rio de Janeiro onde assumiria um novo posto no Itamaraty. O retorno permitiria a Clarice estreitar os laços com amigos que conhecera apenas de passagem, como Sabino, Otto, Paulo e Rubem. Do convívio renovado, surgiria o convite para O Comício, *que Clarice aceitaria prontamente, pedindo apenas que lhe fosse possível usar um pseudônimo. Na verdade, ela temia ver arranhada sua imagem de romancista e, deste modo, nascia "Teresa Quadros", em 15 de maio de 1952. Começava ali sua trajetória nas páginas femininas – espaço criado pelos jornais brasileiros no século XIX.*

Mobilizada pela questão da emancipação da mulher desde os tempos de faculdade, Clarice subverteria de certo modo o formato de uma "página feminina padrão", preenchida meramente por dicas de moda, culinária, saúde e cuidados domésticos. Na coluna assinada por Teresa Quadros, o eco de palavras de escritoras como Simone de Beauvoir e Virginia Woolf se faria sentir, incitando mudanças no comportamento de suas leitoras.

No início da década de 1960, já vivendo definitivamente no Rio após separar-se de Maury Gurgel Valente, Clarice tornaria a redigir uma página para mulheres, desta vez como ghost-writer *da atriz e manequim Ilka Soares, na coluna "Nossa Conversa", no* Diário da Noite. *Naturalmente, a renda obtida através dos direitos autorais de seus livros não era suficiente para fechar as contas do fim do mês e – como grande parte dos escritores brasileiros – Clarice precisava exercer outras atividades como forma de sustento. A coluna "Nossa Conversa" inseria-se no que o editor Alberto Dines chamava de parte "não noticiosa do jornal" e caracterizava-se pela presença de nomes conhecidos para atrair o público. Ilka Soares costumava recolher o material necessário e assistir a desfiles de moda, fornecendo em seguida as informações à Clarice, que se encarregava da redação da coluna.*

Paralelo ao trabalho no Diário da Noite, *Clarice colaboraria ainda no* Correio da Manhã *no qual – agora sob o pseudônimo de Helen Palmer – assinaria a coluna "Correio Feminino – Feira de Utilidades".*

A irmã de Shakespeare – selecionado para esta edição – foi publicado em O Comício *em 22 de maio de 1952. O mesmo texto, rebatizado de A violência de um coração, reapareceria com pequenas alterações no jornal* Última Hora, *em 30 de novembro de 1977, desta vez assinado por Clarice Lispector.*

A irmã de Shakespeare faz alusões ao ensaio de Virginia Woolf – A Room of One's Own *– resultado de anotações de duas conferências no Giron College, em outubro de 1928 – abordando a sujeição intelectual das mulheres e os obstáculos enfrentados por elas para se desenvolverem intelectualmente.* A Room of One's Own *se tornaria, décadas depois, uma importante referência para o debate sobre o feminino da literatura.*

A IRMÃ DE SHAKESPEARE

Uma escritora inglesa – Virginia Woolf – querendo provar que mulher nenhuma, na época de Shakespeare, poderia ter escrito as peças de Shakespeare, inventou para este último uma irmã que se chamaria Judith. Judith teria o mesmo gênio que seu irmãozinho William, a mesma vocação. Na verdade, seria um outro Shakespeare, só que, por gentil fatalidade da natureza, usaria saias.

Antes, em poucas palavras, Virginia Woolf descreveu a vida do próprio Shakespeare: frequentara escolas, estudara em latim Ovídio, Virgílio, Horácio, além de todos os outros princípios da cultura; em menino, caçara coelhos, perambulara pelas vizinhanças, espiara bem o que queria espiar, armazenando infância; como rapazinho, foi obrigado a casar um pouco apressado; essa ligeira leviandade, deu-lhe vontade de escapar – e ei-lo a caminho de Londres, em busca da sorte. Como tem sido bastante provado, ele tinha gosto por teatro. Começou por empregar-se como "olheiro" de cavalos na porta de um teatro, depois imiscuiu-se entre os atores, conseguiu ser um deles, frequentou o mundo, aguçou suas palavras em contato com as ruas e o povo, teve acesso ao palácio da rainha, terminou sendo Shakespeare.

E Judith? Bem, Judith não seria mandada para a escola. E ninguém lê em latim sem ao menos saber as declinações. Às vezes, como tinha tanto desejo de aprender, pegava nos livros do irmão. Os pais intervinham: mandavam-na cerzir meias ou vigiar o assado. Não por maldade: adoravam-na e queriam que ela se tornasse uma verdadeira mulher. Chegou a época de casar. Ela não queria, sonhava com outros mundos. Apanhou do pai, viu as lágrimas da mãe. Em luta com tudo, mas com o mesmo ímpeto do irmão, arrumou uma trouxa e fugiu para Londres. Também Judith gostava de teatro. Parou na porta de um, disse que queria trabalhar com os artistas – foi uma risada geral, todos imaginaram logo outra coisa. Como poderia arranjar comida? Nem podia ficar andando pelas ruas. Alguém, um homem, teve pena dela. Em breve ela esperava um filho. Até que numa noite de inverno, ela se matou. "Quem", diz Virginia Woolf, "poderá calcular o calor e a violência de um coração de poeta quando preso no corpo de uma mulher?"

E assim acaba a história que não existiu.

CAPÍTULO 7

CLARICE ENSAÍSTA

Em 1963, Clarice Lispector foi convidada a proferir uma palestra sobre a vanguarda na literatura brasileira, no XI Congresso Bienal do Instituto Internacional de Literatura Ibero-Americana, realizado de 29 a 31 de agosto, na Universidade do Texas.

Uma reorientação da política externa norte-americana para a América Latina – ocasionada pela Revolução Cubana, em 1959 – despertou o interesse dos americanos pela literatura brasileira, gerando a criação de centros de pós-graduação em estudos latino-americanos e a formação de brasilianistas. Na década de sessenta, a Universidade do Texas era uns dos principais centros de estudos de cultura brasileira nos Estados Unidos.

Clarice Lispector começava a ser conhecida no exterior, e embora somente três de seus contos tivessem sido traduzidos para o inglês, *Perto do coração selvagem*, seu primeiro romance, já se encontrava transposto para o francês.

O Congresso na Universidade do Texas era composto por oito conferências seguidas de debates, sendo Clarice a única mulher do grupo. Em sua palestra, ela deveria trazer a público uma apreciação crítica sobre a própria obra, assim como a de seus conterrâneos. Ela aceita o desafio a seu modo, explicitando muitas das posições que defenderia ao longo da vida: a de que não era uma profissional e só escrevia quando tinha vontade; a de que jamais encarara a literatura como uma abstração de ordem intelectual; ou ainda a de que não se considerava sequer inteligente, e sim possuidora de uma "sensibilidade inteligente".

Entre seus ouvintes, estava Gregory Rabassa, um dos mais eminentes tradutores de importantes romances do *boom* latino-americano, como

Cem anos de solidão, *de Gabriel García Márquez e* O jogo da amarelinha *de Júlio Cortazar. Rabassa se tornaria tradutor da primeira obra de Clarice transposta para a língua inglesa,* A maçã no escuro, *em 1967. Anos mais tarde, ele comentaria sobre o impacto de seu primeiro encontro com ela na Universidade do Texas: "Eu fiquei pasmo em conhecer aquela pessoa rara que se parecia com Marlene Dietrich e escrevia como Virgínia Woolf." Impressão de algum modo corroborada pela imprensa norte-americana, que assinala: "A senhora Lispector é uma ruiva estonteante, dotada do carisma de uma estrela de cinema, capaz de iluminar todo e qualquer aposento no qual ela entre."*

No Brasil, a repercussão da palestra de Clarice também seria sentida e o professor José Guilherme Merquior a procura com a proposta de publicar seu pronunciamento em uma revista. Mas Clarice, que faria deste o seu "pronunciamento oficial", levando-o consigo onde quer que fosse convidada a palestrar, declina, argumentando: "Imagine se eu vou lhe entregar a minha galinha dos ovos de ouro." Clarice sabia que, uma vez publicado, seu texto perderia o ineditismo, obrigando-a a escrever outro e, deste modo, prossegue lendo a mesma conferência em Vitória, Belo Horizonte, Campos, Belém do Pará e, finalmente, Brasília, em 2 de junho de 1974, onde declara que não pretende continuar a fazê-lo: "Um tanto por timidez, um tanto por nervosismo."

Vinte anos antes, por ocasião do Congresso realizado no Texas, ela declarara a um jornal norte-americano: "Nosso país, o Brasil, é um país demasiado grande. Nós não conhecemos a nós mesmos. E usamos a literatura como um meio mais profundo de autoconhecimento." De fato, em sua conferência, Clarice Lispector, assim como faria por toda a vida, relaciona texto e experiência pessoal, afirmando que, ao pensar sua língua, o homem está essencialmente pensando sobre si próprio.

LITERATURA DE VANGUARDA NO BRASIL

Senhoras e Senhores,

Meus amigos,

Bem, tenho que começar por lhes dizer que não sou francesa, esse meu *err* é defeito de dicção: simplesmente tenho língua presa. Uma vez esclarecida minha brasilidade, tentarei começar a conversar com vocês.

É com humildade que vou falar muito por alto o que penso da literatura de vanguarda no Brasil: pois não sou crítica. Acabo de vir de um congresso de críticos e tenho vergonha de falar da literatura.

O convite que me foi feito para uma palestra deixou-me honrada, mas ao mesmo tempo a ponto de não aceitá-lo. Um convite como este cabe mais a um crítico do que a um ficcionista. Ou pelo menos a um tipo de ficcionista que não é o meu. Nem toda pessoa que escreve está necessariamente a par das teorias a respeito de literatura e nem todos têm boa formação cultural: é o meu caso. Nem sempre o ficcionista está inclusive à altura de falar até sobre ficção. Ou é capaz de uma objetividade que resultaria numa visão panorâmica do que se faz nos diversos setores da literatura. Ou sabe estabelecer suas relações com as outras artes, a fim de poder dar uma ideia de um todo orgânico, cujas raízes são diversas e nem sempre imediatamente visíveis. E, de novo, este é o meu caso. Além do fato de eu não ter tendência para a erudição e para o paciente trabalho da análise literária e da observação específica, acontece que, por circunstâncias internas e externas, não posso dizer que tenha acompanhado de perto a efervescência dos movimentos que surgiram e das experiências que se tentaram, quer no Brasil, quer fora do Brasil. Nunca tive, enfim, o que se chama verdadeiramente de vida intelectual. Até para escrever uso minha intuição mais do que a inteligência. Pior ainda: embora sem essa vida intelectual, eu pelo menos poderia ter tido o hábito ou gosto de pensar sobre o fenômeno literário. Mas também isso não faz parte do meu caminho. Apesar de ocupada, desde que eu me conheço, com o escrever – eu já escrevia quando tinha sete anos de idade –, apesar disso, infelizmente faltou-me encarar também a literatura de fora para dentro, isto é, como uma abstração. Literatura para mim é o modo como os outros chamam o que nós, os escritores, fazemos. E pensar agora em termos de literatura no que nós fazemos e vivemos, foi para mim uma experiência nova. De início pareceu-me desagradável: seria, por assim dizer, como uma pessoa referir-se a si própria, chamando-se pelo nome de Antonio ou Maria. Depois a experiência revelou-se menos má: chamar-se a si mesmo pelo nome que os outros nos dão, soa como uma convocação de alistamento. E, do momento em que eu mesma me chamei, senti-me com algum encanto inesperadamente alistada. Alistada, sim, mas bastante confusa.

Não pude deixar de usar essa oportunidade de escrever esse breve e superficial relato, somente para ter uma experiência pessoal que me faltava, além de todas as outras. O que espero, não chegará a prejudicar a conferência propriamente dita. Nada impede, suponho, que esta pequena tentativa de exposição me dê proveito e gosto: pelo menos alguém terá que se beneficiar. Talvez o que estou fazendo nesta palestra seja o que se chama de "abrir uma porta aberta". Só que para mim era fechada.

Nessa minha experiência fui de início levada a pensar – pela primeira vez com atenção – na palavra "vanguarda". E, por uma questão de autoclarificação e auto-honestidade, precisei também tentar a configuração do que para mim significava uma vanguarda literária. Vanguarda seria, também para mim, é claro, experimentação. Que eu estava alistada, já expliquei como: confusa, é o que explicarei. O que me confundiu um pouco a respeito de vanguarda como experimentação, é que toda verdadeira arte é também uma experimentação, e, lamento contrariar muitos, toda verdadeira vida é experimentação, ninguém escapa. Por que então uma experimentação era vanguarda e outra não? vanguarda seria aquela que revertesse valores formais e tentasse, por assim dizer, um oposto ao que se estivesse no momento sendo formalmente feito? Era simplório demais, além de que tão raso quanto as modas. Quem sabe, vanguarda seria para mim a forma sendo usada como novo elemento estético? Mas a expressão "elemento estético" não se entende bem comigo. Ou vanguarda seria a nova forma, usada para rebentar a visão estratificada e forçar, pela arrebentação, a visão de uma realidade outra – ou, em suma, da realidade? Isso já estava melhor. Qualquer verdadeira experimentação levaria a maior autoconhecimento, o que significaria: conhecimento. Vanguarda seria, pois, em última análise, um dos instrumentos de conhecimento, um instrumento avançado de pesquisa. Esse modo de experimentação partiria de renovações formais que levariam ao reexame de conceitos, mesmo de conceitos não formulados. Mas poderia também partir da consciência, mesmo não formulada, de conceitos novos, e revestir-se inclusive de uma forma clássica – e isso já contrariava o conceito de vanguarda, em estrito senso, como é geralmente configurado? Mário de Andrade já falava, como premissa da geração de 1922, no "direito permanente" de pesquisa estética. A geração de 1922 foi a mais acintosamente vanguardista do modernismo brasileiro.

Foi então que percebi que minha dificuldade sobre a matéria era muito mais funda. É que eu estava lidando com um assunto que é afim a duas palavras cujo significado nunca tivera muito sentido para mim: refiro-me à expressão "fundo e forma". São palavras usadas em contraposição ou em justaposição, não importa, mas significando de qualquer maneira divisão. E essa expressão "forma-fundo" sempre me desagradou vitalmente – assim como me incomoda a divisão "corpo-alma", "matéria-energia" etc. Sem nunca me deter muito no assunto, eu repelia quase de instinto esse modo de, como por exemplo, se ter cortado verticalmente um fio de cabelo, passar por isso a julgar que o fio de cabelo compõem-se de duas metades. Ora, um fio de cabelo não tem metades, a menos que sejam feitas (sic) que usam divisão de "fundo e forma" talvez seja às vezes hipótese de trabalho, instrumento para estudo. Se também eu usasse esse instrumento, vanguarda então seria inovação de forma? Mas "inovação de forma" podia então implicar conteúdo ou fundo antigo? mas que conteúdo é esse que não poderia existir sem a chamada forma? que fio de cabelo é esse que existiria anteriormente ao próprio fio de cabelo? qual é a existência que é anterior à própria existência? Vendo-me tão confusa, então eu me propus, apenas para me facilitar e também apenas para hipótese de avanço meu, que para mim a palavra "tema" seria aquela que substituiria a unidade indivisível que é fundo-forma. Um "tema", sim, pode preexistir, e dele se pode falar antes, durante e depois da coisa propriamente dita; mas fundo-forma é a coisa propriamente dita, e do fundo-forma só se sabe do ler, ver, ouvir, experimentar. Eu me propus: tema, e a coisa escrita; tema, e a coisa pintada; tema, e a música; tema, e viver. Foi só então que consegui me entender mais, e sobretudo entender melhor o modo como eu via o caso brasileiro: tive que pôr de lado a palavra vanguarda, no seu sentido europeu. Pensei, por exemplo, se o nosso movimento de 1922, o chamado movimento modernista, seria considerado vanguarda por outros países, em 1922 mesmo. Nesse movimento, a experimentação, característica de uma vanguarda, seria reconhecida como tal por outras literaturas? O movimento de 1922 foi um movimento de profunda libertação, libertação significa sobretudo um novo modo de ver, libertação é sempre vanguarda, e também nessa de 1922 quem estava na linha de frente se sacrificou. Mas libertação é às vezes avanço apenas para quem se está libertando, e pode não ter valor de moeda corrente para os outros. Para nós, 1922 significou vanguarda, por exemplo, independente de qualquer valor universal. Foi movimento de posse: movimento de tomada de nosso modo de ser, de um dos nossos modos de ser, o mais urgente naquela época, talvez.

Eu vou ler Mário de Andrade:

ODE AO BURGUÊS

Eu insulto o burguês! O burguês-níquel
o burguês-burguês!
A digestão bem-feita de São Paulo!
O homem-curva! O homem-nádegas!
O homem que sendo francês, brasileiro, italiano,
é sempre um cauteloso pouco a pouco!

Eu insulto as aristocracias cautelosas!
Os barões lampeões! os conde Joões! os duques zurros!
que vivem dentro de muros sem pulos;
e gemem sangues de alguns mil-réis fracos
para dizerem que as filhas da senhora falam o francês
e tocam o "Printemps" com as unhas!

Eu insulto o burguês-funesto!
O indigesto feijão com toucinho, dono das tradições!
Fora os que algarismam os amanhãs!
Olha a vida dos nossos setembros!
Fará sol¿ Choverá¿ Arlequinal!
Mas à chuva dos rosais
O êxtase fará sempre sol!

Morte à gordura!
Morte às adiposidades cerebrais!
Morte ao burguês-mensal!
ao burguês-cinema! ao burguês-tílburi!
Padaria Suíça! Morte viva ao Adriano!
" – Ai, filha, que te darei pelos teus anos¿
– Um colar... – Conto e quinhentos!!!
Mas nós morremos de fome!"

Come! Come-te a ti mesmo, oh! gelatina pasma!
Oh! purée *de batatas morais!*
Oh! cabelos nas ventas! oh! carecas!
Ódio aos temperamentos regulares!
Ódio aos relógios masculares! Morte e infâmia!
Ódio à soma! Ódio aos secos e molhados!
Ódio a seus desfalecimentos e arrependimentos,
sempiternamente as mesmices convencionais!
De mãos nas costas! marco eu o compasso! Eia!
Dois a dois! Primeira posição! Marcha!
Todos para a Central do meu rancor inebriante!

Ódio e insulto! Ódio e raiva! Ódio e mais ódio!
Morte ao burguês de giolhos,
cheirando religião e que não crê em Deus!
Ódio vermelho! Ódio fecundo! Ódio cíclico!
Ódio fundamento, sem perdão!

Fora! Fú! Fora o bom burguês...

Em Drummond houve o divórcio ainda mais flagrante do declamatório. Drummond é a palavra nua, coberta somente por uma tênue camada: a da contenção da nudez. Drummond não se permite o êxtase, nem mesmo o do sofrimento – e nessa autoprivação ele nos dói ainda mais. Mas com isso não está nada dito sobre Drummond, nem como foi que ele nos guiou tanto. Por incapacidade minha de análise, eu não tentaria analisá-lo. Essa minha incapacidade me dá grande alegria pessoal, no caso: por não poder analisá-lo, é que fico com todo ele.

Poema de sete faces (fragmento)

Carlos Drummond de Andrade

LER

O homem atrás do bigode
é sério, simples e forte.
Quase não conversa.
Tem poucos, raros amigos
o homem atrás dos óculos e do bigode.

Que será que faz com que certos rostos sejam inominavelmente a face verdadeira de um homem? E não apenas uma face? O que quer que seja, o olhar o vê e reconhece, o inominavelmente. Lendo Drummond, não um poema, mas acompanhando a sua obra, acompanha-se a profunda respiração de um homem. Ele é um guia, sem que eu saiba dizer em quê – e isto é vanguarda para mim. Se sua linguagem é de vanguarda, não sei, é questão de semântica. O caminho que ele faz dos primeiros livros a *Rosa do povo*, mostra a passagem de um tipo de poesia mais individualista para uma que busca "o outro". (*Estou citando*):

Como fugir ao mínimo objeto
ou recusar-se ao grande? Os temas passam
eu sei que passarão, mas tu resistes,

e cresces como fogo, como casa
como orvalho entre dedos
na grama, que repousam.
Já agora te sigo a toda parte
e te desejo e te perco, estou completo
me destino, me faço tão sublime,
tão natural e cheio de segredos,
tão firme, tão fiel... Tal uma lâmina,
o povo, meu poema, te atravessa.

Há os que preferem o primeiro Drummond, outros dão maior relevo à sua poesia dita participante. O certo é que com liberdade genial ele continuou o seu caminho, e seguir-se-á esse enternecimento social uma poesia que é também uma reflexão profundamente vivida sobre a pungência de se estar no mundo.

A vanguarda de 1922 continuou frutificando. Por exemplo, cito o romancista Adonias Filho, os contistas Dalton Trevisan, Murilo Rubião, Alberto Dines, Rubem Fonseca, Marina Colasanti, Sérgio Sant'Anna, Luiz Vilela, Moura Fontes. Destaco também como de vanguarda a romancista e contista Nélida Piñon, com seu estilo por vezes até áspero e agreste como fruta um pouco verde e adstringente, de tão incisivo que é seu modo de escrever, embora ela também seja capaz de usar palavras doces, maduras, e voluptuosas. Nélida já tem discípulos, cativados pela sua grande lucidez. Trata-se de uma ficção feita por uma profissional, no bom sentido da palavra.

E há a grande poesia esplêndida e seca e contundente de João Cabral de Melo Neto. É dele parte do poema que se segue:

PSICOLOGIA DA COMPOSIÇÃO (*fragmento*):

Saio de meu poema
Como quem lava as mãos.
Algumas conchas tornaram-se,
que o sol da atenção

cristalizou; alguma palavra
que desabrochei, como a um pássaro.

Talvez alguma concha
dessas (ou pássaro) lembre,
côncavo, o corpo do gesto
extinto, que o ar já preencheu,
talvez: como a camisa
vazia, que despi.

Outro:

V

Vivo com certas palavras,
abelhas domésticas.

Do dia aberto
(branco guarda-sol)
esses lúcidos fusos retiram
o fio de mel
(do dia que abriu
também como flor)
que na noite
(poço onde tombou
a aérea flor)
persistirá, louro
sabor, e ácido,
contra o açúcar do podre.

VI

Não a forma encontrada
como uma concha, perdida
nos frouxos areais
como cabelos;

não a forma obtida
em lance santo ou raro,
tiro nas lebres de vidro
do invisível;

Que já tenhamos inclusive ultrapassado 1922, ainda mais o reafirma como movimento de vanguarda: foi tão absorvido e incorporado que se superou, o que é característica de vanguarda, e se a 1922 nos referimos historicamente, na realidade ainda somos resultado dele: O próprio Mário de Andrade, se ainda vivesse, teria incorporado a si próprio, ainda mais, o melhor de sua sadia rebelião, e seria hoje um clássico de si mesmo. O futuro de um homem de vanguarda é amanhã não ser lido exatamente por aqueles que mais se assemelham a ele: exatamente os mais aptos a entender sua necessidade de procura estarão amanhã ocupados demais com novos movimentos de procura. Pensando em vários homens de nossa vanguarda, ocorreu-me sem nenhuma melancolia que é então, exatamente, que o escritor de vanguarda terá atingido sua finalidade maior: se terá dado tanto e terá sido tão bem usado que amanhã desaparecerá. Eu disse amanhã. Mas depois de amanhã – passada a vanguarda, passado o necessário silêncio – depois de amanhã ele se levanta de novo. E é claro que Mário de Andrade não desapareceu: 1922 não foi ontem, foi anteontem.

Continuando na mesma linha – de que vanguarda não pode ser entendida da mesma maneira em todos os países – penso que o romance de Graciliano Ramos, com sua linguagem límpida, pura, cuidada e já clássica, e ao mesmo tempo um José Lins do Rego, com o seu chamado desleixo de linguagem, foram, por exemplo, vanguarda para nós. E isso porque em ambos havia a descoberta da realidade do Nordeste, o que não existia antes em nossa literatura. Não estou dizendo que houve a descoberta de um "tema", mas muito mais que isto: houve um fundo-forma indivisível, fundo-forma é uma apreensão, e houve a apreensão de um modo de ser. O ciclo do Nordeste significou usar uma linguagem brasileira numa realidade brasileira. Isso tudo era ainda o resultado de 1922. Em 1922 o abrasileiramento e a tomada de nosso próprio modo, assemelha-se ao que aconteceu na literatura dos Estados Unidos: foi usar a linguagem americana, e não a inglesa, que levou a um novo modo de ver a realidade americana e a apossar-se desta, como só um fundo-forma se apossa. Para mim vanguarda seria, pois, um novo ponto de vista – mesmo que às vezes levasse apenas a mais um milímetro de visão. O novo modo de ver leva fatalmente a uma mudança formal – e agora estou, para melhor clarificação, usando a dicotomia de fundo e forma. E, ainda utilizando essa divisão: a vanguarda de forma modifica o conceito das coisas, mas há o outro modo de vanguarda, que é uma maneira de ver que vai lenta e necessariamente transformando a forma. Por exemplo: muitos jovens escritores nossos estão preocupados com a politização. Mas a politização para nós tem um sentido diferente talvez da politização em vários outros países. Para nós, politização é principalmente uma das ramificações da urgência de entendermos as nossas coisas no que elas têm de peculiares ao Brasil e no que representam necessidades profundas nossas, inclusive mesmo as estéticas. A raiva de muitos dos nossos *angry-man* manifesta-se em revolta social: é para onde dirigem o desespero. Como quase todas as revoltas, esta é sadia. Mas que teria isso a ver com vanguarda literária, já que a literatura deles nem sempre é de vanguarda? É que eles vivem uma atmosfera de linha de frente, onde novos modos se esboçam. Pois de uma maneira geral – e agora sem falar apenas de politização – a atmosfera é de vanguarda, o nosso crescimento íntimo está forçando as comportas e rebentará com as formas inúteis de ser ou de escrever. Estou chamando o nosso progressivo autoconhecimento de vanguarda. Estou chamando de vanguarda "pensarmos" a nossa língua. Nossa língua ainda não foi profundamente trabalhada pelo pensamento. "Pensar" a língua portuguesa do Brasil significa pensar sociologicamente, psicologicamente, filosoficamente, linguisticamente sobre nós mesmos. Os resultados são e serão o que se chama de linguagem literária, isto é, linguagem que reflete e diz, com palavras que instantaneamente aludem a coisas que vivemos; numa linguagem real, numa linguagem que é fundo e forma, a palavra é na verdade um ideograma. É maravilhosamente difícil escrever em língua que ainda borbulha; que precisa mais do presente do que mesmo de uma tradição; em língua que, para ser trabalhada, exige que o escritor se trabalhe a si próprio como pessoa. Cada sintaxe nova é então reflexo indireto de novos relacionamentos, de um maior aprofundamento em nós mesmos, de uma consciência mais nítida do mundo e do nosso mundo. Cada sintaxe nova abre então pequenas novas liberdades. Não as liberdades arbitrárias de quem pretende "variar", mas uma liberdade mais verdadeira, e esta consiste em descobrir que se é livre. Isto não é fácil: descobrir que se é livre é uma violentação criativa. Nesta se ferem escritor e linguagem, pois, qualquer aprofundamento é penoso; ferem-se, mas reagem vivos. Muita palavra nossa, para ser traduzida, precisaria de duas ou três palavras estrangeiras que explicassem o seu sentido vivo; muita frase nossa, para ser traduzida, exige que se entenda também a entrelinha. Tudo isto significa para mim uma vanguarda. A linguagem está descobrindo o nosso pensamento, e o nosso pensamento está formando uma língua que se chama de literária e que eu chamo, para maior alegria minha, de linguagem de vida. Quem escreve no Brasil de hoje está levantando uma casa, tijolo por tijolo, e este é um destino humano humilde e emocionante. Eu não saberia, por exemplo, dizer se Guimarães Rosa é considerado estritamente de vanguarda ou se, como dizem vários, ele representa mais propriamente o que se chama de renovação do romance. Para mim ele é vanguarda. Pois criou uma linguagem que é subjacente à nossa, algumas vezes como se fosse um substrato de nossa língua, e que, por isso mesmo, na sua aparente estranheza, nós reconhecemos como tocando na nossa maior intimidade. Ele é de vanguarda porque se adiantou e precipitou nossa consciência de uma verdade que não é apenas linguística, mas da pessoa brasileira. Somos, por enquanto, falsos cosmopolitas, e o interior do Brasil revelado por Guimarães Rosa está em cada um de nós, e tão bem revelado que atinge a altura de uma invenção. Descobrir é inventar, ver é inventar. O que se chama de parte formal em Guimarães Rosa me interessa sobretudo por causa disto. Temos fome de saber de nós, e grande urgência, porque estamos precisando de nós mesmos, mais do que dos outros.

É claro que, quando falo de tomada de nossa realidade, não estou nem sequer à beira da palavra "patriotismo", pelo menos na concepção usual do termo. Não se trata, nessa maior posse de nós mesmos, de enaltecer qualidades, de ufanismo e nem sequer de procurar qualidades. A nossa evidente tendência nacionalista não provém de nenhuma vontade de isolamento: é movimento sobretudo de autoconhecimento, legítimo assim como qualquer movimento de arte é sempre movimento de conhecimento, não importa se de consequências nacionais ou internacionais. "Nossas várzeas têm mais flores" – e este é um verso da "Canção do exílio", o poema mais conhecido de Gonçalves Dias, figura importante do movimento romântico brasileiro – cedeu lugar à procura muito mais grave de constatações, a uma procura muito mais bela de nós mesmos porque é feita com esforço, rejeições, dor, espantos e alegrias – as alegrias da visão. Estamos muito mais realistas agora, no sentido em que estamos muito mais artistas. Hoje diríamos: nossas várzeas têm flores. Quem escreve e quem vive, sabe que isto não é fácil nem simples. Hoje inclusive nós sofremos as nossas flores. Tudo isso para mim é vanguarda, ou, muito mais, é atmosfera de vanguarda:

pois é assim que estou chamando o nosso crescimento, e assim estou chamando a nossa maturação.

Foi, por exemplo, em consequência dessa vanguarda geral que recebemos com o coração aberto a aparente secura de Carlos Drummond de Andrade. E este homem, tenho certeza, tocaria qualquer pessoa que cresce, e em qualquer parte onde essa pessoa viva. Falei em aparente secura, e de como recebemos tão fundamente assim como se recebe uma seta seca e pura. É mais um indício de como há muito passamos da fase exclamatória e do modo apenas deslumbrado de tomar contato com a nossa vida. Mas os excessos de 1922, nesse sentido, foram inclusive absolutamente necessários para quebrar o pudor literário do amor por nós mesmos, amor que hoje é sobretudo visão e exigência. O abrasileiramento ostensivo e corajoso de Mário de Andrade em *Macunaíma*, nos contos, e menor nos poemas, no que diz respeito à linguagem, cedeu lugar à intimidade familiar que Manuel Bandeira teve em relação a um jeito que já tínhamos e que não usávamos em literatura – uma ternura irônica pelo sentimentalismo, mas felizmente sem deixar de usufruir dele todo. "Sentimentalismo", aliás, é um modo nosso não totalmente traduzível pela palavra estrangeira equivalente. Uma das maneiras de entender esta nossa palavra é ler diretamente Manuel Bandeira.

O ANJO DA GUARDA
Manuel Bandeira

Quando minha irmã morreu,
(Devia ter sido assim)
Um anjo moreno, violento e bom,
– brasileiro

Veio ficar ao pé de mim
O meu anjo da guarda sorriu
E voltou para junto do senhor.

Quanto a uma crise em arte, existe como sempre e de um modo geral: falta de criatividade, falta de verdadeira originalidade. Procura-se substituir a originalidade por, entre aspas, "novidades", "modismos", como se fossem a mesma coisa. E existem alguns jovens escritores um pouco intelectualizados demais. Parece-me que eles não se inspiram na, digamos, "coisa em si", e sim se inspiram na literatura alheia, na "coisa já literalizada". Não vão diretamente à fonte, seguem o resultado já atingido por outros escritores. Uma literalização da literatura, digamos assim. O produto é então falso e pretensioso. José Guilherme Merquior fala das obras de vários poetas que já fazem vanguarda antes mesmo de saber gramática e exprimem o desespero do mundo sem ter desespero nem mundo.

Acho que existe também uma vanguarda forçada, isto é, o autor se determina a ser "original" e vanguardista. O que para mim não vale. Só me alegra muito a originalidade que venha de dentro para fora e não o contrário. Só a verdadeira vanguarda faz com que os vanguardistas possam ser chamados de contemporâneos do dia seguinte.

Mas há os que tocam com delicadeza na beleza e na verdade. Como por exemplo na poesia de Marly de Oliveira. Vou ler um trecho de sua poesia que não tem modismos. Vou ler um trecho de um poema seu:

Como um ramo brilhante de violetas
inquietas e azuladas, sóis de outono
que a paisagem sem mira debruçava
sobre o momento e o vinho dos assombros
e sobre as ervas úmidas que a chuva
jogava nos meus olhos como sonos,
ou como um sonho pressagioso e raro,
curvei-me sobre mim e nos amamos:
eu e a distância sóbria que separa

dentro do mesmo amor, o sol do outono,
e dá cerne à paisagem, e fibra e prata,
quando a memória são silêncios longos,
disfarçando com formas sempre vagas
os rigores de um lúcido abandono.

É uma beleza.

Quanto ao fato de eu escrever, digo – se interessa a alguém – que estou desiludida. É que escrever não me trouxe o que eu queria, isto é, paz. Minha literatura, não sendo de forma alguma uma catarse que me faria bem, não me serve como meio de libertação. Talvez de agora em diante eu não mais escreva, e apenas aprofunde em mim a vida. Ou talvez esse aprofundamento de vida me leve de novo a escrever. De nada sei. O que me "descontrai", por incrível que pareça, é pintar, e não ser pintora de forma alguma, e sem aprender nenhuma técnica. Pinto tão mal que dá gosto e não mostro meus, entre aspas, "quadros" a ninguém. É relaxante e ao mesmo tempo excitante mexer com cores e formas, sem compromisso com coisa alguma. É a coisa mais pura que faço.

Existe um escritor de renome, mas não vou dizer o seu nome, que escreveu o seguinte: "A literatura morreu. Dostoievski hoje seria um bom repórter." Fiquei surpreendida. Como estive num Congresso de Escritores e Críticos, em Brasília, perguntei a vários escritores o que pensavam a respeito. Por exemplo, perguntei ao Prof. Benedito Nunes se a literatura morreu. Ele respondeu: "o fato importante, a meu ver, não é que os Dostoievskis se transformem em repórteres. Os repórteres é que não podem mais hoje transformarem-se em Dostoievski. Quero com isso dizer que uma certa literatura acabou. No mais, creio na literatura, porque *credo quia absurdum.*" – Não sei se eu disse bem a frase em latim. – Fiz a mesma pergunta a Mário Chamie. Respondeu: "Essa pessoa, nesta questão de morte, não quereria significar que seria o literato que morre para a literatura e não vice-versa¿" – Affonso Romano de Sant'Anna: "Sempre haverá literatura, porque sempre haverá sonho, sempre haverá mito. Não se escreve para a literatura, escreve-se para cobrir um vazio, vencer a descontinuidade. O que há não é a morte do romance ou da poesia, há a transformação dos gêneros. Não há gêneros esgotados, há pessoas esgotadas diante de certos gêneros." Sobre essa pessoa, Autran Dourado já respondeu: "Parece um campeão de natação que tenha desistido de nadar e tenha então dito que a piscina se esvaziou." E continuou: "A literatura é como Fênix: morre e renasce em metamorfose ou como dizia Silviano Santiago, em 'Metamorfoses'."

Elias José, mineiro de Guaxupé em Minas Gerais, onde é professor de literatura, disse: "O Escritor é também repórter, mas a reportagem que ele faz torna-se mais eterna, pois há a captação da essência e não do que é apenas sensacional: há a ambiguidade da linguagem que torna a obra mais sugestiva que a própria vida."

E agora acabei. Acho que falei demais e não falei bem. Quero acrescentar que aceito perguntas, embora me conceda o direito de responder com um "não sei", quando realmente não souber. Obrigada por me terem escutado.

Texas – Brasília – Vitória do Espírito Santo – Belo Horizonte – Campos – (71) – Belém do Pará –

CAPÍTULO 8

CLARICE TRADUTORA

O início da atividade de Clarice Lispector como tradutora coincide com o término de seu casamento e sua volta para o Brasil, após dezesseis anos fora do país. Clarice desembarcou no Rio de Janeiro com seus dois filhos pequenos, Pedro e Paulo, e imediatamente acionou os amigos em busca de trabalho. Naturalmente, a renda obtida com os direitos autorais de seus livros, somada à pensão que seu ex-marido passaria agora a lhe enviar regularmente, estava longe de garantir o seu sustento.

Clarice vinha de uma longa temporada nos Estados Unidos – sete anos – tendo residido anteriormente na Inglaterra, Suíça e Itália. Com bom domínio do inglês (que estudara ainda no Brasil – na Cultura Inglesa – conforme declara em uma entrevista), e também do francês, ela resolve arriscar algumas traduções, inicialmente a convite da amiga Tati de Moraes. Essa atividade acompanharia Clarice até o fim da vida e, na década de setenta, ela chega a traduzir uma média de três livros por ano. (A perda do emprego de colunista no Jornal do Brasil, *em 1973, certamente contribuiu para o aumento desta produção.)*

*Clarice traduziu e adaptou autores clássicos para coleções infanto-juvenis, como Oscar Wilde (*O retrato de Dorian Gray*), Edgar Allan Poe (*Contos*) e Júlio Verne (*A ilha misteriosa*) e assinou a tradução de alguns* bestsellers *como Agatha Christie (*Três ratinhos cegos *e* Cai o pano: o último caso de Poirot*) e Anne Rice (*Entrevista com o vampiro*).*

Em teatro, ao lado de Tati de Moraes, Clarice traduziu os clássicos A casa de Bernarda Alba, *de Federico Garcia Lorca,* Little Fox, *de Lilian Hellman, e* Hedda Gabler, *de Henrik Ibsen (pela qual receberiam o prêmio de melhor tradução do ano, em São Paulo).*

Sobre seu método de trabalho como tradutora, Clarice declara que procurava nunca ler o livro antes de traduzi-lo: "É frase por frase, porque você é levada pela curiosidade para saber o que vem depois, e o tempo passa. Enquanto que, se você leu, sabe tudo, é um dever."

O texto selecionado para esta edição Traduzir procurando não trair, *traz uma reflexão de Clarice sobre sua atividade como tradutora e foi publicado na* Revista Joia, *em maio de 1968.*

TRADUZIR PROCURANDO NÃO TRAIR*

Tati de Moraes e eu traduzimos uma vez uma peça de Lilian Hellman para Tônia Carrero levar. Fizemos a tradução com o maior prazer, se bem que de início eu tivesse que ser fustigada por Tati que é a minha inexorável feitora em vários terrenos, de trabalho ou não. Mas Tônia, você não imagina o trabalho de minúcias que dá traduzir uma peça. Ou melhor, você, que andou nos dando sugestões inteligentes, imagina sim. Primeiro, traduzir pode correr o risco de não parar nunca: quanto mais se revê, mais se tem que mexer e remexer nos diálogos. Sem falar na necessária fidelidade ao texto do autor, enquanto ao mesmo tempo há a língua portuguesa que não traduz facilmente certas expressões americanas típicas, o que exige uma adaptação mais livre.

E a exaustiva leitura da peça em voz alta para podermos sentir como soam os diálogos? Estes têm que ser coloquiais: de acordo com as circunstâncias, ora mais ou menos cerimoniosos, ora mais ou menos relaxados.

Como se não bastasse, cada personagem tem uma "entonação" própria e para isso precisamos das palavras e do tom apropriados. Por falar em entonação, aconteceu-me uma coisa desagradável, enquanto durou a tradução. De tanto lidar com personagens americanos, "peguei" uma entonação inteiramente americana nas inflexões da voz. Passei a cantar as palavras, exatamente como um americano que fala português. Queixei-me a Tati,

* *Revista Joia*, Rio de Janeiro, nº 177, maio de 1968.

pois já estava enjoada de me ouvir, e ela respondeu com a maior ironia: "Quem manda você ser uma atriz inata." Mas acho que todo escritor é um ator inato. Em primeiro lugar ele representa profundamente o papel de si mesmo. Escritor é uma pessoa que se cansa muito, e que termina com um pouco de náusea de si, já que o contato íntimo consigo próprio é por força prolongado demais.

Esta peça para Tônia foi ótima de se traduzir. Mas e quando nos caiu em mãos uma peça de Tchecov? Veio numa fase em que eu estava meio deprimida. Depois eu soube que Tati andou consultando amigos meus para saber se me convinha lidar com o personagem principal, já que este se parecia demais comigo. A conclusão era que eu trabalhasse de qualquer maneira porque me faria bem agir, e porque seria bom eu ver, como num espelho, a minha própria fisionomia. Que me faria bem lidar com um personagem cujo senso trágico da vida termina levando-o ao desespero. Traduzimos Tchecov, eu com um esforço tremendo, pois me parecia estar me descrevendo. Depois, por motivos externos, a peça passou para as mãos de outras pessoas, e perdemo-la de vista. Um dos motivos externos consistia no fato do diretor querer interferir demais na nossa tradução. Não nos incomodamos com a interferência justa de um diretor, tantas vezes esclarecedora, mas as divergências eram muito sérias. Entre outras, ele achava que, em vez de "angústia", usássemos a palavra "fossa". Ora, nós duas discordávamos: um personagem russo, ainda mais daquela época e ambiente, não falaria em fossa. Falaria em angústia e em tédio destruidor. Mas, para falar a verdade, em termos atuais, ele estava era na fossa mesmo.

Em compensação, traduzimos *Hedda Gabler*, que não só foi logo encenada em São Paulo, como nos fez ganhar, com justo orgulho profissional, o prêmio da melhor tradução do ano. Uma medalha, meu Deus!

Prazer engraçado tive eu ao traduzir um livro condensado de Agatha Christie, encomendado por Tito Leite, diretor de *Seleções*. Em vez de lê-lo antes no original, como sempre faço, fui lendo à medida que ia traduzindo. Era um romance policial, eu não sabia quem era o criminoso, e traduzi com a maior pressa, pois não suportava a tensão da curiosidade. O livro esgotou-se rapidamente.

Traduzo, sim, mas fico cheia de medo de ler traduções que fazem de livros meus. Além de ter bastante enjoo de reler coisas minhas, fico também com medo do que o tradutor possa ter feito com um texto meu. Uma tradução de dois livros meus que fizeram para o alemão, não me causou problema: não entendo uma palavra de alemão, e a coisa ficou aliviadoramente, por isso mesmo nem as críticas e comentários que a editora me mandou eu pude ler. Mas, quando um livro meu foi traduzido para o inglês, nos Estados Unidos, pela Knopf – o livro saiu fisicamente lindo, bom até de se tocar com as mãos –, então o problema foi outro. Eu sabia que o tradutor, Gregory Rabassa, era de primeira água – ganhou o National Book Award do ano, nos Estados Unidos –, e inglês eu podia ler. Chamei-me então severamente à ordem, e comecei a cumprir meu dever de ler a mim mesma. A tradução me parece muito boa. Mas parei, pois o que venceu mesmo foi a náusea de me reler. O tradutor, professor de literatura portuguesa e brasileira numa universidade, fez um longo prefácio ao livro sobre literatura brasileira. Chegou à conclusão estranha de que eu era ainda mais difícil de traduzir que Guimarães Rosa, por causa de minha sintaxe. Não se assustem, nesta coluna esforço-me por não usar uma sintaxe que me é íntima e natural. Com um pouco de vergonha, já tinha esquecido o que quer dizer sintaxe. Perguntei a um amigo, que explicou: sintaxe é o modo como a frase se coloca dentro do período. Fiquei um pouco na mesma. E também desconfiada de que não podia se tratar apenas disso: uma palavra tão grave quanto sintaxe não podia significar simplesmente isso. Tenho o maior respeito por gramática, e pretendo nunca lidar conscientemente com ela. Em matéria de escrever certo, escrevo mais ou menos certo de ouvido, por intuição, pois o certo sempre soa melhor.

CAPÍTULO 9

CLARICE CONFERENCISTA

O Primeiro Congresso Mundial de Bruxaria, realizado em Bogotá, em 1975, contou com a participação de especialistas das áreas de antropologia, psicologia, sociologia, astrologia, ufologia, bruxaria e hipnose. Entre eles, um nome parecia chamar a atenção: o da escritora brasileira Clarice Lispector. Ao ser perguntada, anos mais tarde, sobre sua inusitada participação no Congresso, Clarice limitou-se a responder: Isso foi um crítico, não me lembro de que país, que disse que eu usava as palavras não como escritora, mas como bruxa.

Na verdade, o convite para o Congresso Mundial de Bruxaria acontecera por conta da participação de Clarice, no ano anterior, no Congresso Literário sobre Narrativa, realizado em Cáli. Ao lado de Lygia Fagundes Telles, Clarice representou o Brasil neste encontro entre grandes nomes da literatura latino-americana, tais como Mário Vargas Llosa, José Miguel Oviedo e Antonio di Benedetti. Na carta que oficializa seu convite para o Congresso de Bruxaria, o escritor Simon Gonzáles – organizador do evento – escreve: "Só uma pessoa com esses olhos plenos de beleza, magia e profundidade poderia escrever estes livros." Em outra carta dirigida a Clarice na mesma ocasião, o escritor colombiano Pedro Gómez Valderrama afirma que ela era amplamente conhecida e admirada nos círculos intelectuais por seus livros.

Em 1975, a Colômbia estava sob estado de sítio e o Alto Comando das Forças Armadas já havia se manifestado contra a realização do Congresso. Em reportagem de Domingos Meirelles para O Globo*, ele relata a divisão da imprensa colombiana na cobertura do evento. De um lado, os jornais que o abordavam de forma isenta, limitando-se a documentar os fatos e recolher* *depoimentos dos participantes; e do outro, a maior parte da imprensa, que parecia cobrir o Congresso de forma declaradamente irônica.*

Prestes a embarcar para Bogotá, Clarice declara à revista Veja*: "No Congresso pretendo mais ouvir que falar. Só falarei se não puder evitar que isso aconteça, mas falarei sobre a magia do fenômeno natural, pois acho inteiramente mágico o fato de uma escura e seca semente conter em si uma planta verde brilhante. Também pretendo ler um conto chamado 'O ovo e a galinha', que é mágico porque o ovo é puro, o ovo é branco, o ovo tem um filho."*

A crença de Clarice em determinadas superstições era conhecida pelos amigos mais íntimos, e ela costumava datilografar seus textos contando sete espaços entre os parágrafos, revelando a fé no poder de certos números.

Em 26 de agosto – dia marcado para a conferência de Clarice no Congresso – as atividades foram encerradas pelo grupo folclórico Orixás da Bahia, com um número de candomblé. Para a sua apresentação, Clarice chegara a preparar duas versões de uma mesma conferência intitulada Literatura e magia. Na primeira, ela escreve sobre o papel da inspiração em seu processo criador e, na segunda, mais extensa, ela acrescenta o relato de uma série de coincidências inexplicáveis, num episódio em que vários pombos lhe aparecem.

A ideia inicial era usar uma das duas versões como texto introdutório à leitura de seu conto "O ovo e a galinha". Na hora marcada para a apresentação, entretanto, Clarice desiste de qualquer introdução, limitando-se a pedir que alguém leia o conto por ela.

Em entrevistas posteriores ao evento, Clarice declara ter tido a impressão de que a maioria das pessoas não compreendeu nada do que havia sido lido; ressaltando contudo que um americano ficara tão encantado com o conto que a abordara no final, pedindo-lhe uma cópia.

As duas versões das palestras escritas para o evento e selecionadas para a presente edição, encontram-se, a primeira, em sua versão original, e a segunda, traduzida a partir da versão em inglês escrita por Clarice.

LITERATURA E MAGIA
(VERSÃO ORIGINAL)

Tenho pouco a dizer sobre magia. E acho que o contato com o sobrenatural é feito em silêncio e [numa profunda] meditação solitária. A inspiração, para qualquer forma de arte, tem um toque mágico porque a criação é absolutamente inexplicável. Não creio que a inspiração venha do sobrenatural. Suponho que emerge do mais profundo "eu" de cada pessoa, das profundezas do inconsciente individual, coletivo cósmico. O que não deixa de certa forma ser um pouco sobrenatural. Mas acontece que tudo que vive e que chamamos de "natural" é, em última instância, sobrenatural. Como só tenho a dar às pessoas aqui presentes minha literatura, uma pessoa vai ler por mim um conto meu chamado "O ovo e a galinha". Este meu texto é misterioso até para mim mesma e tem uma simbologia secreta. Peço que ouçam a leitura apenas com o raciocínio, senão tudo escapará ao entendimento. Se meia dúzia de pessoas realmente sentirem esse texto já ficarei satisfeita. E agora "O ovo e a galinha".

LITERATURA E MAGIA

Tenho pouco a dizer para uma plateia exigente. Mas vou dizer uma coisa: para mim, o que quer que exista, existe por algum tipo de mágica. Além disso, os fenômenos naturais são mais mágicos do que os sobrenaturais. Dois meses atrás aconteceu uma coisa comigo que chego a estremecer, só de pensar. Eu estava angustiada, sozinha, sem perspectiva nenhuma, vocês sabem como é. Quando de repente, sem nenhum aviso, uma chuvarada, seguida por uma ventania, começou a cair. Essa chuva súbita me liberou, liberou toda a minha energia, trouxe calma e me deixou tão relaxada que logo depois dormi profundamente, aliviada. A chuva e eu, nós duas tivemos um relacionamento mágico. No dia seguinte li no jornal, para surpresa minha, que a chuva que tinha me afetado como magia branca, afetara outras pessoas como magia negra. As reportagens diziam que tinha sido uma chuva muito forte, com granizo em alguns lugares, que tinha destelhado muitas casas, que quase provocara a queda de um avião.

Também considero mágico o sol inexplicável que aquece todo o meu corpo. Mágico também é o fato de termos inventado Deus e que, por milagre, Ele existe. Eu mesma, pelo menos conscientemente, jamais lidei diretamente com mágica. No entanto, pintei um quadro, e uma amiga me aconselhou a não olhar para ele, pois poderia me fazer mal. Concordei. No quadro, que chamei de "Terror", arranquei de mim, talvez através da magia, todo o horror que um ser sente no mundo. A tela era pintada de preto, quase no centro havia uma terrível mancha amarelo-escura, e dentro dessa mancha algo vermelho, preto e amarelo vivo. Parecia uma mariposa sem dentes querendo gritar, sem conseguir. Perto da massa amarela, por cima do preto, pintei dois pontos completamente brancos que talvez fossem a promessa do alívio futuro. Olhar para esse quadro me faz mal.

Não acredito em nada. Ao mesmo tempo acredito em tudo. No dia primeiro de janeiro de 1974 estava parada nos degraus de uma escada perto da casa de um amigo, à espera dele. Fazia muito calor e tudo parecia deserto. Era um feriado e de repente fiquei completamente desesperada, sem perspectiva nenhuma. Cobri o rosto com as mãos e pensei: Por favor, meu Deus, mande-me pelo menos algum símbolo de paz. Então abri os olhos e um minuto depois vi dois pombos perto de mim. Fiquei surpresa e um pouco assustada. Logo depois fomos ao cinema, meu amigo e eu. Perto do cinema havia uma loja fechada, porque era feriado, e vi através da vitrine uma espécie de pote com quatro pombos dentro. No dia seguinte fui até aquela loja e comprei o enfeite de porcelana. No outro dia uma pequena pena de pombo caiu em cima de mim. Eu a perdi. E o episódio com o pássaro aconteceu de forma dramática. Era mais uma vez um dia muito quente e eu estava completamente exausta. Voltava do centro da cidade num táxi. Usava óculos escuros. E tão cansada que apoiei a cabeça no braço, tentando descansar um pouco. Então senti alguma coisa me incomodando, entre a lente dos óculos e o meu olho esquerdo. Tirei os óculos e achei uma pena de pombo. Sem comentários. Dois dias depois fui consultar um médico amigo meu e novamente peguei um táxi. O motorista freou de repente. Perguntei para ele, o que houve? Ele respondeu, quase matei um pombo, mas graças a Deus, ele escapou. Cheguei ao consultório do meu amigo e contei para ele aquela história dos pombos desde o início. E perguntei, qual o significado dessas coisas estranhas? Ele respondeu sorrindo, coisas boas não precisam de explicação. E disse mais, quer que eu lhe dê uma pena de pombo? Eu disse, claro que sim, se tiver uma. Ele se abaixou, pegou uma pena no chão e me deu. Ainda sem comentários.

Um dia aconteceu outra coisa com um amigo meu. Ele tinha um lindo curió, pássaro raro de se encontrar no Rio, especialmente em Copacabana. Uma manhã, quando foi alimentá-lo, viu com tristeza que o curió tinha morrido. Não havia nada que pudesse fazer além de lamentar a morte do passarinho. Uma hora depois a empregada gritou, vem cá depressa, vem ver uma coisa. Todos foram para os fundos da casa e viram, tremendo um pouco, no chão, um curió. O passarinho não tentou escapar e foi posto na gaiola. Comeu e começou a cantar. Eu pergunto, por quê? Para quê? Também não existe resposta para o fato de haver, numa pequena semente, numa simples semente de árvore, essa promessa de vida, o fenômeno de uma semente que contém vida é totalmente impossível. Um escritor brasileiro disse que estar vivo é impossível, e eu acrescento que nascer é impossível.

E para terminar, direi uma coisa que pode parecer absurda, porque o que vou dizer é alta matemática, mágica pura. A mágica em relação ao que se escreve chama atenção para a palavra "inspiração". Como explicar a inspiração? Às vezes, no meio da noite, dormindo um sono profundo, eu acordo de repente, anoto uma frase cheia de palavras novas, depois volto a dormir como se nada tivesse acontecido. Escrever, e falo de escrever de verdade, é completamente mágico. As palavras vêm de lugares tão distantes dentro de mim que parecem ter sido pensadas por desconhecidos, e não por mim mesma. Os críticos consideram que escrevo o que chamam de "realismo mágico". E um crítico, não me lembro de qual país da América Latina, escreveu sobre mim: ela não é escritora, é uma bruxa.

E agora quero ouvir o que vocês sabem sobre bruxaria.

O OVO E A GALINHA

De manhã na cozinha sobre a mesa vejo o ovo.

Olho o ovo com um só olhar. Imediatamente percebo que não se pode estar vendo um ovo. Ver um ovo nunca se mantém no presente: mal vejo um ovo e já se torna ter visto um ovo há três milênios. – No próprio instante de se ver o ovo ele é a lembrança de um ovo. – Só vê o ovo quem já o tiver visto. – Ao ver o ovo é tarde demais: ovo visto, ovo perdido. – Ver o ovo é a promessa de um dia chegar a ver o ovo. – Olhar curto e indivisível; se é que há pensamento; não há o ovo. – Olhar é o necessário instrumento que, depois de usado, jogarei fora. Ficarei com o ovo. – O ovo não tem um si mesmo. Individualmente ele não existe.

Ver o ovo é impossível: o ovo é supervisível como há sons supersônicos. Ninguém é capaz de ver o ovo. O cão vê o ovo? Só as máquinas veem o ovo. O guindaste vê o ovo. – Quando eu era antiga um ovo pousou no meu ombro. – O amor pelo ovo também não se sente. O amor pelo ovo é supersensível. A gente não sabe que ama o ovo. – Quando eu era antiga fui depositária do ovo e caminhei de leve para não entornar o silêncio do ovo. Quando morri, tiraram de mim o ovo com cuidado. Ainda estava vivo. – Só quem visse o mundo veria o ovo. Como o mundo, o ovo é óbvio.

O ovo não existe mais. Como a luz da estrela já morta, o ovo propriamente dito não existe mais. – Você é perfeito, ovo. Você é branco. – A você dedico o começo. A você dedico a primeira vez.

Ao ovo dedico a nação chinesa.

O ovo é uma coisa suspensa. Nunca pousou. Quando pousa, não foi ele quem pousou. Foi uma coisa que ficou embaixo do ovo. – Olho o ovo na cozinha com atenção superficial para não quebrá-lo. Tomo o maior cuidado de não entendê-lo. Sendo impossível entendê-lo, sei que se eu o entender é porque estou errando. Entender é a prova do erro. Entendê-lo não é o modo de vê-lo. – Jamais pensar no ovo é um modo de tê-lo visto. – Será que sei do ovo? É quase certo que sei. Assim: existo, logo sei. – O que eu não sei do ovo é o que realmente importa. O que eu não sei do ovo me dá o ovo propriamente dito. – A lua é habitada por ovos.

O ovo é uma exteriorização. Ter uma casca é dar-se. – O ovo desnuda a cozinha. Faz da mesa um plano inclinado. O ovo expõe. – Quem se aprofunda num ovo, quem vê mais do que a superfície do ovo, está querendo outra coisa: está com fome.

O ovo é a alma da galinha. A galinha desajeitada. O ovo certo. A galinha assustada. O ovo certo. Como um projétil parado. Pois ovo é ovo no espaço. Ovo sobre azul. – Eu te amo, ovo. Eu te amo como uma coisa nem sequer sabe que ama outra coisa. – Não toco nele. A aura de meus dedos é que vê o ovo. Não toco nele. – Mas dedicar-me à visão do ovo seria morrer para a vida mundana, e eu preciso da gema e da clara. – O ovo me vê. O ovo me idealiza? O ovo me medita? Não, o ovo apenas me vê. É isento da compreensão que fere. – O ovo nunca lutou. Ele é um dom. – O ovo é invisível a olho nu. De ovo a ovo chega-se a Deus, que é invisível a olho nu. – O ovo terá sido talvez o triângulo que tanto rolou no espaço que foi se ovalando. – O ovo é basicamente um jarro? Terá sido o primeiro jarro moldado pelos etruscos? Não. O ovo é originário da Macedônia. Lá foi calculado, fruto da mais penosa espontaneidade. Nas areias da Macedônia um homem com uma vara na mão desenhou-o. E depois apagou-o com o pé nu.

Ovo é uma coisa que precisa tomar cuidado. Por isso a galinha é o disfarce do ovo. Para que o ovo atravesse os tempos a galinha existe. Mãe é para isso. – O ovo vive foragido por estar sempre adiantado demais para a sua época. – O ovo por enquanto será sempre revolucionário. – Ele vive dentro da galinha para que não o chamem de branco. O ovo é branco mesmo. Mas não pode ser chamado de branco. Não porque isso faça mal a ele, mas as pessoas que chamam o ovo de branco, essas pessoas morrem para a vida. Chamar de branco aquilo que é branco pode destruir a humanidade. Uma vez um homem foi acusado de ser o que ele era, e foi chamado de Aquele Homem. Não tinham mentido: Ele era. Mas até hoje ainda não nos recuperamos, uns após outros. A lei geral para continuarmos vivos: pode-se dizer "um rosto bonito", mas quem disser "o rosto" morre; por ter esgotado o assunto.

Com o tempo, o ovo se tornou um ovo de galinha. Não o é. Mas, adotado, usa-lhe o sobrenome. – Deve-se dizer: "o ovo da galinha." Se eu disser apenas "o ovo", esgota-se o assunto, e o mundo fica nu. – Em relação ao ovo, o perigo é que se descubra o que se poderia chamar de beleza, isto é, sua veracidade. A veracidade do ovo não é verossímil. Se descobrirem, podem querer obrigá-lo a se tornar retangular. O perigo não é para o ovo, ele não se tornaria retangular. (Nossa garantia é que ele não pode: não pode é a grande força do ovo: sua grandiosidade vem da grandeza de não poder, que se irradia como um não querer.) Mas quem lutasse por torná-lo retangular estaria perdendo a própria vida. O ovo nos põe, portanto, em perigo. Nossa vantagem é que o ovo é invisível. E quanto aos iniciados, os iniciados disfarçam o ovo.

Quanto ao corpo da galinha, o corpo da galinha é a maior prova de que o ovo não existe. Basta olhar para a galinha para se tornar óbvio que o ovo é impossível de existir.

E a galinha? O ovo é o grande sacrifício da galinha. O ovo é a cruz que a galinha carrega na vida. O ovo é o sonho inatingível da galinha. A galinha ama o ovo. Ela não sabe que existe o ovo. Se soubesse que tem em si mesma um ovo, ela se salvaria? Se soubesse que tem em si mesma o ovo, perderia o estado de galinha. Ser galinha é a sobrevivência da galinha. Sobreviver é a salvação. Pois parece que viver não existe. Viver leva à morte. Então o que a galinha faz é estar permanentemente sobrevivendo. Sobreviver chama-se manter luta contra a vida que é mortal. Ser uma galinha é isso. A galinha tem o ar constrangido.

É necessário que a galinha não saiba que tem um ovo. Senão ela se salvaria como galinha, o que também não é garantido, mas perderia o ovo. Então ela não sabe. Para que o ovo use a galinha é que a galinha existe. Ela era só para se cumprir, mas gostou. O desarvoramento da galinha vem disto: gostar não fazia parte do nascer. Gostar de estar vivo dói. – Quanto a quem veio antes, foi o ovo que achou a galinha. A galinha não foi sequer chamada. A galinha é diretamente uma escolhida. – A galinha vive como em sonho. Não tem senso de realidade. Todo o susto da galinha é porque estão sempre interrompendo o seu devaneio. A galinha é um grande sono. – A galinha sofre de um mal desconhecido. O mal desconhecido da galinha é o ovo. – Ela não sabe se explicar: "sei que o erro está em mim mesma", ela chama de erro a sua vida, "não sei mais o que sinto" etc.

"Etc. etc. etc." é o que cacareja o dia inteiro a galinha. A galinha tem muita vida interior. A nossa visão de sua vida interior é o que nós chamamos de "galinha". A vida interior da galinha consiste em agir como se entendesse. Qualquer ameaça e ela grita em escândalo feito uma doida. Tudo isso para que o ovo não se quebre dentro dela. Ovo que se quebra dentro da galinha é como sangue.

A galinha olha o horizonte. Como se da linha do horizonte é que visse vindo um ovo. Fora de ser um meio de transporte para o ovo, a galinha é tonta, desocupada e míope. Como poderia a galinha se entender se ela é a contradição de um ovo? O ovo ainda é o mesmo que se originou na Macedônia. A galinha é sempre a tragédia mais moderna. Está sempre inutilmente a par. E continua sendo redesenhada. Ainda não se achou a forma mais adequada para uma galinha. Enquanto meu vizinho atende ao telefone ele redesenha com lápis distraído a galinha. Mas para a galinha não há jeito: está na sua condição não servir a si própria. Sendo, porém, o seu destino mais importante que ela, e sendo o seu destino o ovo, a sua vida pessoal não nos interessa.

Dentro de si a galinha não reconhece o ovo, mas fora de si também não o reconhece. Quando a galinha vê o ovo pensa que está lidando com uma coisa impossível. E com o coração batendo, com o coração batendo tanto, ela não o reconhece.

De repente olho o ovo na cozinha e só vejo nele a comida. Não o reconheço, e meu coração bate. A metamorfose está se fazendo em mim: começo a não poder mais enxergar o ovo. Fora de cada ovo particular, fora de cada ovo que se come, o ovo não existe. Já não consigo mais crer num ovo. Estou cada vez mais sem força de acreditar, estou morrendo, adeus, olhei demais um ovo e ele foi me adormecendo.

A galinha que não queria sacrificar a sua vida. A que optou por querer ser "feliz". A que não percebia que, se passasse a vida desenhando dentro de si como numa iluminura o ovo, ela estaria servindo. A que não sabia perder a si mesma. A que pensou que tinha penas de galinha para se cobrir por possuir pele preciosa, sem entender que as penas eram exclusivamente para suavizar a travessia ao carregar o ovo, porque o sofrimento intenso poderia prejudicar o ovo. A que pensou que o prazer lhe era um dom, sem perceber que era para que ela se distraísse totalmente enquanto o ovo se faria. A que não sabia que "eu" é apenas uma das palavras que se desenha enquanto se atende ao telefone, mera tentativa de buscar forma mais adequada. A que pensou que "eu" significa ter um si mesmo. As galinhas prejudiciais ao ovo são aquelas que são um "eu" sem trégua. Nelas o "eu" é tão constante que elas já não podem mais pronunciar a palavra "ovo". Mas, quem sabe, era disso mesmo que o ovo precisava. Pois se elas não estivessem tão distraídas, se prestassem atenção à grande vida que se faz dentro delas, atrapalhariam o ovo.

Comecei a falar da galinha e há muito não estou falando mais da galinha. Mas ainda estou falando do ovo.

E eis que não entendo o ovo. Só entendo ovo quebrado: quebro-o na frigideira. É deste modo indireto que me ofereço à existência do ovo: meu sacrifício é reduzir-me à minha vida pessoal. Fiz do meu prazer e da minha dor o meu destino disfarçado. E ter apenas a própria vida é, para quem já viu o ovo, um sacrifício. Como aqueles que, no convento, varrem o chão e lavam a roupa, servindo sem glória de função maior, meu trabalho é o de viver os meus prazeres e as minhas dores. É necessário que eu tenha a modéstia de viver.

Pego mais um ovo na cozinha, quebro-lhe a casca e forma. E a partir deste instante exato nunca existiu um ovo. É absolutamente indispensável que eu seja uma ocupada e uma distraída. Sou indispensavelmente um dos que renegam. Faço parte da maçonaria dos que viram uma vez o ovo e o renegam como forma de protegê-lo. Somos os que se abstêm de destruir, e nisso se consomem. Nós, agentes disfarçados e distribuídos pelas funções menos reveladoras, nós às vezes nos reconhecemos. A um certo modo de olhar, a um jeito de dar a mão, nós nos reconhecemos e a isto chamamos de amor. E então não é necessário o disfarce: embora não se fale, também não se mente, embora não se diga a verdade, também não é mais necessário dissimular. Amor é quando é concedido participar um pouco mais. Poucos querem o amor, porque amor é a grande desilusão de tudo o mais. E poucos suportam perder todas as outras ilusões. Há os que se voluntariam para o amor, pensando que o amor enriquecerá a vida pessoal. É o contrário: o amor é finalmente a pobreza. Amor é não ter. Inclusive amor é a desilusão do que se pensava que era amor. E não é prêmio, por isso não envaidece, amor não é prêmio, é uma condição concedida exclusivamente para aqueles que, sem ele, corromperiam o ovo com a dor pessoal. Isso não faz do amor uma exceção honrosa; ele é exatamente concedido aos maus agentes, àqueles que atrapalhariam tudo se não lhes fosse permitido adivinhar vagamente.

A todos os agentes são dadas muitas vantagens para que o ovo se faça. Não é caso de se ter inveja pois, inclusive algumas das condições, piores do que as dos outros, são apenas as condições ideais para o ovo. Quanto ao prazer dos agentes, eles também o recebem sem orgulho. Austeramente vivem todos os prazeres: inclusive é o nosso sacrifício para que o ovo se faça. Já nos foi imposta, inclusive, uma natureza toda adequada a muito prazer. O que facilita. Pelo menos torna menos penoso o prazer.

Há casos de agentes que se suicidam: acham insuficientes as pouquíssimas instruções recebidas, e se sentem sem apoio. Houve o caso do agente que revelou publicamente ser agente porque lhe foi intolerável não ser compreendido, e ele não suportava mais não ter o respeito alheio: morreu atropelado quando saía de um restaurante. Houve outro que nem precisou ser eliminado: ele próprio se consumiu lentamente na revolta, sua revolta veio quando ele descobriu que duas ou três instruções recebidas não incluíam nenhuma explicação. Houve outro, também eliminado, porque achava que "a verdade deve ser corajosamente dita", e começou em primeiro lugar a procurá-la; dele se disse que morreu em nome da verdade, mas o fato é que ele estava apenas dificultando a verdade com sua inocência; sua aparente coragem era tolice, e era ingênuo o seu desejo de lealdade, ele não compreendera que ser leal não é coisa limpa, ser leal é ser desleal para com todo o resto. Esses casos extremos de morte não são por crueldade. É que há um trabalho, digamos cósmico, a ser feito, e os casos individuais infelizmente não podem ser levados em consideração. Para os que sucumbem e se tornam individuais é que existem as instituições, a caridade, a compreensão que não discrimina motivos, a nossa vida humana enfim.

Os ovos estalam na frigideira, e mergulhada no sonho preparo o café da manhã. Sem nenhum senso de realidade, grito pelas crianças que brotam de várias camas, arrastam cadeiras e comem, e o trabalho do dia amanhecido começa, gritado e rido e comido, clara e gema, alegria entre brigas, dia que é o nosso sal e nós somos o sal do dia, viver é extremamente tolerável, viver ocupa e distrai, viver faz rir.

E me faz sorrir no meu mistério. O meu mistério é que eu ser apenas um meio, e não um fim, tem-me dado a mais maliciosa das liberdades: não sou boba e aproveito. Inclusive, faço um mal aos outros que, francamente. O falso emprego que me deram para disfarçar a minha verdadeira função, pois aproveito o falso emprego e dele faço o meu verdadeiro, inclusive o dinheiro que me dão como diária para facilitar minha vida de modo a que o ovo se faça, pois esse dinheiro eu tenho usado para outros fins, desvio de verba, ultimamente comprei ações da Brahma e estou rica. A isso tudo ainda chamo ter a necessária modéstia de viver. E também o tempo que me deram, e que nos dão apenas para que no ócio honrado o ovo se faça, pois tenho usado esse tempo para prazeres ilícitos e dores ilícitas, inteiramente esquecida do ovo. Esta é a minha simplicidade.

Ou é isso mesmo que eles querem que me aconteça, exatamente para que o ovo se cumpra? É liberdade ou estou sendo mandada? Pois venho notando que tudo o que é erro meu tem sido aproveitado. Minha revolta é que para eles eu não sou nada, eu sou apenas preciosa: eles cuidam de mim segundo por segundo, com a mais absoluta falta de amor; sou apenas preciosa. Com o dinheiro que me dão, ando ultimamente bebendo. Abuso de confiança? Mas é que ninguém sabe como se sente por dentro aquele cujo emprego consiste em fingir que está traindo, e que termina acreditando na própria traição. Cujo emprego consiste em diariamente esquecer. Aquele de quem é exigida a aparente desonra. Nem meu espelho reflete mais um rosto que seja meu. Ou sou agente, ou é a traição mesmo.

Mas durmo o sono dos justos por saber que minha vida fútil não atrapalha a marcha do grande tempo. Pelo contrário: parece que é exigido de mim que eu seja extremamente fútil, é exigido de mim inclusive que eu durma como um justo. Eles me querem ocupada e distraída, e não lhes importa como. Pois, com minha atenção errada e minha tolice grave, eu poderia atrapalhar o que se está fazendo através de mim. É que eu própria, eu propriamente dita, só tenho mesmo servido para atrapalhar. O que me revela que talvez eu seja um agente é a ideia de que meu destino me ultrapassa: pelo menos isso eles tiveram mesmo que me deixar adivinhar, eu era daqueles que fariam mal o trabalho se ao menos não adivinhassem um pouco; fizeram-me esquecer o que deixaram adivinhar, mas vagamente ficou-me a noção de que meu destino me ultrapassa, e de que sou instrumento do trabalho deles. Mas de qualquer modo era só instrumento que eu poderia ser, pois o trabalho não poderia ser mesmo meu. Já experimentei me estabelecer por conta própria e não deu certo; ficou-me até hoje essa mão trêmula. Tivesse eu insistido um pouco mais e teria perdido para sempre a saúde. Desde então, desde essa malograda experiência, procuro raciocinar deste modo: que já me foi dado muito, que eles já me concederam tudo o que pode ser concedido; e que outros agentes, muito superiores a mim também trabalharam apenas para o que não sabiam. E com as mesmas pouquíssimas instruções. Já me foi dado muito; isto, por exemplo: uma vez ou outra, com o coração batendo pelo privilégio, eu pelo menos sei que não estou reconhecendo!, com o coração batendo de emoção, eu pelo menos não compreendo!, com o coração batendo de confiança, eu pelo menos não sei.

Mas e o ovo? Este é um dos subterfúgios deles: enquanto eu falava sobre o ovo, eu tinha esquecido do ovo. "Falai, falai", instruíram-me eles. E o ovo fica inteiramente protegido por tantas palavras. Falai muito, é uma das instruções, estou tão cansada.

Por devoção ao ovo, eu o esqueci. Meu necessário esquecimento. Meu interesseiro esquecimento. Pois o ovo é um esquivo. Diante de minha adoração possessiva ele poderia retrair-se e nunca mais voltar. Mas se ele for esquecido. Se eu fizer o sacrifício de viver apenas a minha vida e de esquecê-lo. Se o ovo for impossível. Então – livre, delicado, sem mensagem alguma para mim – talvez uma vez ainda ele se locomova no espaço até esta janela que desde sempre deixei aberta. E de madrugada baixe no nosso edifício. Sereno até a cozinha. Iluminando-a de minha palidez.

CAPÍTULO 10

CLARICE ENTREVISTADA

Em 1976 – um ano antes de sua morte – Clarice Lispector, contrariando a fama de detestar entrevistas, concede o mais longo depoimento de sua carreira, ao Museu da Imagem e do Som do Rio de Janeiro.

De fato, ao longo da vida, Clarice deu poucas entrevistas e, em muitas, declarou abertamente seu desconforto com elas: "Quando começam a me fazer muitas perguntas complicadas, me sinto como a centopeia que um dia lhe perguntaram como ela não se atrapalhava ao caminhar com cem pés. Ela foi demonstrar sua técnica e acabou desaprendendo-a. Eu também tenho medo disso" – justifica ao repórter do Jornal do Brasil, *em depoimento concedido em janeiro de 1971.*

A dificuldade para extrair de Clarice uma entrevista é narrada também pelo jornalista e escritor José Castello, no ensaio O inventário das sombras, de 1999: "Tiro da pasta um pequeno gravador com que pretendo registrar a entrevista e, distraído, coloco-o sobre a mesa de centro. Assim que vê o gravador, Clarice começa a gritar. (...) 'Tire isso daqui!', diz ela, finalmente, 'Não quero isso aqui!'." Castello relata que Clarice chega mesmo a trancar o gravador num armário com a promessa de devolvê-lo após a entrevista e, só então, mostra-se disposta a conversar: "'Por que você escreve¿', pergunto, em um de meus piores momentos. Clarice franze o rosto em desagrado. (...) 'Vou lhe responder com outra pergunta: Por que você bebe água¿'"

Em julho de 1976, ao final de uma entrevista para a revista Crisis, *Clarice entrega ao jovem repórter um bilhete manuscrito: "Eu gosto de entrevistar pessoas, mas não gosto de dar entrevistas. Em geral, me fazem muitas perguntas. E eu não sei me explicar. E também não gosto de ser conhecida. Mas Eric Nepomuceno foi simpático e respeitoso comigo."*

De fato – como deixa claro em seu bilhete manuscrito – Clarice costumava produzir entrevistas, quase todas para as revistas Manchete e Fatos & Fotos. *Parte delas seria publicada posteriormente pela autora, na antologia* De corpo inteiro, *de 1975: Erico Verissimo, Pablo Neruda, Tom Jobim, Chico Buarque, Oscar Niemeyer, Carlos Scliar, Bibi Ferreira, Paulo Autran – estão entre seus entrevistados. Na apresentação do livro, o jornalista Alberto Dines anota: "Clarice, com seu jeito despretensioso e profundo, mostra que a arte de entrevistar é a arte de ouvir. (...) Então, a entrevista converte-se num retrato."*

Alguns "retratos" importantes de Clarice foram produzidos ao longo de sua vida: entrevistas como a que concedeu a Renard Perez, no Correio da Manhã, *em 1961; a Sérgio Augusto, Jaguar, Ivan Lessa, Ziraldo, Nélida Piñon e Olga Savary, em* O Pasquim, *de 1974; a Júlio Lerner, na* TV Cultura, *em 1977, são documentos fundamentais para a compreensão da trajetória de Clarice como mulher e escritora.*

Estes depoimentos – ao lado do mais completo, concedido ao Museu da Imagem e do Som – foram publicados em Clarice Lispector: Rencontres Brésiliennes *(Ed. Trois, Quebéc, 1987) – uma compilação de entrevistas da escritora feita pela pesquisadora canadense Claire Varin. No Brasil, esta é a primeira vez que a entrevista ao MIS aparece publicada na íntegra em um livro.*

O depoimento ao Museu da Imagem e do Som foi concedido aos escritores Affonso Romano de Sant'Anna e Marina Colasanti – a pedido de Clarice – por serem seus amigos pessoais. Affonso relembra que a escritora temia que o depoimento se transformasse numa coisa pomposa, oficial e, como queria sentir-se o mais à vontade possível, escalou o casal de amigos para a tarefa. Completando o grupo de entrevistadores está João Salgueiro, diretor do MIS à época.

No depoimento de cerca de duas horas, Clarice discorre sobre sua vida e obra, comentando, inclusive, grande parte dos "perfis" destacados na presente edição: a escritora iniciante, a jornalista, a autora de páginas femininas, a mãe, a tradutora, e, finalmente, a ensaísta e palestrante dos congressos de literatura, no Texas, e o de bruxaria, em Bogotá.

Depoimento da escritora Clarice Lispector, gravado no dia 20 de outubro de 1976, na sede do Museu da Imagem e do Som do Rio de Janeiro:

Affonso Romano de Sant'Anna: Clarice, vamos começar com alguns dados biográficos?

Clarice Lispector: Eu nasci na Ucrânia, mas já em fuga. Meus pais pararam em uma aldeia que nem aparece no mapa, chamada Tchetchelnik, para eu nascer, e vieram para o Brasil, onde cheguei com dois meses de idade. De modo que me chamar de estrangeira é bobagem. Eu sou mais brasileira do que russa, obviamente.

Affonso Romano de Sant'Anna: As pessoas te chamam de estrangeira por causa do sotaque?

Clarice Lispector: Por causa do "erre". Pensam que é sotaque, mas não é. É língua presa. Poderiam ter cortado, mas é muito difícil, pois é um lugar sempre úmido, então dificilmente cicatrizaria. Agora deixa ficar.

João Salgueiro: Você tem irmãos, Clarice?

Clarice Lispector: Duas irmãs: Elisa Lispector e Tânia Kaufman. Bem, aqui no Brasil fomos para o Recife... Olha, eu não sabia que era pobre, você sabe?

Marina Colasanti: Você nunca disse isso inclusive. Eu nunca li isso dito por você.

Clarice Lispector: Eu era muito pobre. Filha de imigrantes.

Affonso Romano de Sant'Anna: O que seus pais faziam na Ucrânia?

Clarice Lispector: O meu pai trabalhava na lavoura e, quando chegou ao Rio, ele foi trabalhar com representação de firmas.

Affonso Romano de Sant'Anna: Mas havia alguma formação artístico-literária na família que tivesse te levado à literatura?

Clarice Lispector: Não. Agora, no dia do casamento do meu filho, Paulo Gurgel Valente, uma meio tia minha, que estava no casamento, chegou junto a mim e me deu a melhor coisa do mundo. Ela disse: "Você sabe que sua mãe escrevia? Ela escrevia diários."

Affonso Romano de Sant'Anna: Você tem notícia de que alguém tenha guardado esses diários?

Clarice Lispector: Não, nada. Minha mãe era paralítica e eu morria de sentimento de culpa, porque pensava que tinha provocado isso quando nasci. Mas disseram que ela já era paralítica antes... Nós éramos bastante pobres. Eu perguntei um dia desses à Elisa, que é a mais velha, se nós passamos fome e ela disse que quase. Havia em Recife, numa praça, um homem que vendia uma laranjada na qual a laranja tinha passado longe. Isso e um pedaço de pão era o nosso almoço.

Marina Colasanti: Você não tinha lembrança disso, Clarice?

Clarice Lispector: Olha, eu não tinha consciência. Eu era tão alegre que escondia de mim a dor de ver minha mãe assim... Eu era tão viva!

Marina Colasanti: Em outros depoimentos e entrevistas, você sempre transmitiu a ideia de uma infância muito despreocupada, muito rica.

Clarice Lispector: Era como eu me sentia. Inclusive, eu morava em um andar de um prédio na praça Maciel Pinheiro, que hoje está tombado, porque é muito bonito e velho mesmo... O que eu dizia mesmo?... Me perdi completamente... Ah, morávamos lá, e eu descia do andar, ficava na porta da escada e, a toda criança que passasse, conforme fosse, porque meu instinto me guiava, eu perguntava: "Quer brincar comigo?" Algumas aceitavam, outras não, e a outras, ainda, eu não perguntava.

Marina Colasanti: Como a menina ruiva com o cachorro bassê. Quanto tempo você ficou no Recife, Clarice?

Clarice Lispector: Até os doze anos de idade.

Affonso Romano de Sant'Anna: E as suas primeiras leituras literárias começaram, mais ou menos, em que época?

Clarice Lispector: Logo que eu aprendi a ler... Bom, antes de aprender a ler e a escrever eu já fabulava. Inclusive, eu inventei com uma amiga minha, meio passiva, uma história que não acabava. Era o ideal, uma história que não acabasse nunca.

Affonso Romano de Sant'Anna: A amiga passiva de quem fala é uma amiga imaginária, não?

Clarice Lispector: Não. Real, mas quieta, que me obedecia. Porque eu era meio liderzinha. A história era assim: eu começava, tudo estava muito difícil; os dois mortos... Então entrava ela e dizia que não estavam tão mortos assim. E aí recomeçava tudo outra vez... Depois, quando eu aprendi a ler, devorava os livros, e pensava que eles eram como árvore, como bicho, coisa que nasce. Não sabia que havia um autor por trás de tudo. Lá pelas tantas eu descobri que era assim e disse: "Isso eu também quero." No *Diário de Pernambuco*, às quintas-feiras, publicavam-se contos infantis. Eu cansava de mandar meus contos, mas nunca publicavam, e eu sabia por quê. Porque os outros diziam assim: "Era uma vez, e isso e aquilo..." E os meus eram sensações.

Affonso Romano de Sant'Anna: Desses contos, você guardou alguma cópia ou publicou em algum outro lugar?

Clarice Lispector: Não, não guardei nada.

Marina Colasanti: Você também escreveu uma peça de teatro infantil, não é isso?

Clarice Lispector: Quando tinha nove anos, eu vi um espetáculo e, inspirada, em duas folhas de caderno, fiz uma peça em três atos, não sei como. Escondi atrás da estante porque tinha vergonha de escrever.

Affonso Romano de Sant'Anna: Qual era o nome dessa peça?

Clarice Lispector: E eu me lembro?... Ah, *Pobre menina rica*, que não tem nada a ver com a peça do Vinicius.

Affonso Romano de Sant'Anna: E a formação escolar, Clarice? Você ia ao colégio normalmente ou estudava em casa?

Clarice Lispector: Eu estudava no Grupo Escolar João Barbalho, que é uma escola pública no Recife. Depois, fiz o exame de admissão para o ginásio. Era apertadíssimo, mas passei. Fiz até o terceiro ano lá. Depois vim para cá. Estudei num coleginho vagabundo que dava dez a todo mundo... Quando eu era pequena, era muito reivindicadora dos direitos da pessoa, então diziam que eu seria advogada. Isso me ficou na cabeça e, como eu não tinha orientação de nenhuma espécie sobre o que estudar, fui estudar advocacia.

Affonso Romano de Sant'Anna: Você chegou a entrar para a faculdade?

Clarice Lispector: Entrei e muito bem colocada! E traduzindo latim, que agora nem se usa mais. Mas... perdi o fio de novo.

Affonso Romano de Sant'Anna: Mas você nunca advogou?

Clarice Lispector: Não. No terceiro ano eu reparei que nunca lidaria com papéis e que a minha ideia – veja o absurdo da adolescência – era estudar advocacia para reformar as penitenciárias. Aliás, San Thiago Dantas dizia que quem vai ser advogado por causa de Direito Penal não é advogado: é literato. Então eu vi que aquilo já não me interessava e arranjei um emprego em um jornal. Só terminei o curso porque uma colega minha, que também escrevia e nunca mais escreveu, tinha muita raiva de mim e, por isso, um dia me disse: "Você está escrevendo agora, mas tudo que você começa nunca acaba." Isso me deu um susto e eu depressa acabei o curso. E nem fui à formatura. Eu já estava até casada, com meu ex-marido, Maury Gurgel Valente, que é hoje embaixador do Brasil junto a ALALC, no Uruguai.

Affonso Romano de Sant'Anna: Quer dizer que esse curso de Direito não te ajudou a cuidar dos direitos autorais depois?

Clarice Lispector: Não, nada... Pelo contrário, eu era tão livre, não sei nem explicar. E excessivamente sensível, por qualquer coisa eu chorava. E ria, ria como uma doida.

Marina Colasanti: Que jornal foi esse em que você foi trabalhar?

Clarice Lispector: O jornal *A Noite*. Já não existe mais. Eu fazia tudo, menos crime e nota social. Reportagem, entrevista... Depois eu trabalhei no *Diário da Tarde*, que desapareceu também. Parece que eu fecho os jornais.

Affonso Romano de Sant'Anna: No *Diário da Tarde* você fazia todas as seções também?

Clarice Lispector: No *Diário da Tarde* eu fazia uma página feminina assinando como Ilka Soares, a atriz. Metade do dinheiro era para ela, metade era para mim. E ela bem que gostava: o nome dela aparecia todos os dias e não tinha trabalho nenhum... Mas era divertido mesmo, a gente consultava muita revista, via o modo de pintar o olho... (risos)

Affonso Romano de Sant'Anna: E esses textos já foram coligidos alguma vez? Não os textos de moda ou coisa feminina, mas outros que você tenha escrito.

Clarice Lispector: Não, não.

Marina Colasanti: De uma certa maneira, Clarice, desde que você trabalhou no *A Noite*, você tem estado sempre com um pé na imprensa, porque depois você fez o...

Clarice Lispector: Uma coluna no *Jornal do Brasil*...

Marina Colasanti: Antes disso você fez a revista *Senhor*, não é mesmo? Quanto tempo você ficou lá?

Clarice Lispector: Enquanto durou a revista *Senhor*. Todo mês publicavam alguma coisa minha... Muito antes, quando eu tinha quatorze para quinze anos, eu escrevi um conto e levei para uma revista que se chamava *Vamos Lêr!*, do Raimundo Magalhães Júnior. Então, fiquei lá, em pé. Eu era o que sou mesmo, uma tímida arrojada. Eu sou tímida, mas me lanço. Dei o conto para ele ler e disse: "É para o senhor ver se publica." Ele leu, olhou e disse: "Você copiou isso de alguém? Você traduziu isso de alguém?" Eu respondi que não e ele publicou. Depois houve um jornal chamado *Dom Casmurro*, para onde eu levei também algumas coisas, também sem nenhum conhecimento... Aí, eu cheguei lá e eles ficaram encantados, me acharam linda, que eu tinha a voz mais bonita do mundo e publicaram. Não pagavam nada, é claro.

Affonso Romano de Sant'Anna: É porque o dinheiro corrompe talentos...

Clarice Lispector: Completamente... (risos) Os talentos menores...

Marina Colasanti: Desse mal você não morre, Clarice.

Affonso Romano de Sant'Anna: O lançamento do seu primeiro livro, *Perto do coração selvagem*, em 1944, causou um certo impacto na crítica brasileira.

Clarice Lispector: Virgem Maria, se causou. Minha irmã Tânia juntou as críticas, um livro grosso desse tamanho. Eu já estava fora, estava casada...

Affonso Romano de Sant'Anna: Você já estava fora do país?

Clarice Lispector: Não, estava em Belém, no Pará. Publiquei e dez dias depois estava em Belém, quer dizer, sem contato com escritores, e boba com as críticas. Inclusive uma de Sérgio Milliet, que foi o que mudou a opinião do Álvaro Lins. Eu tinha perguntado a ele se valia a pena publicar. Ele então respondeu: "Telefone daqui a uma semana." Aí eu telefonei e ele disse:

"Olha, eu não entendi seu livro, não. Mas fala com Otto Maria Carpeaux, é capaz dele entender." Eu não falei com ninguém e publiquei assim mesmo. O livro havia sido rejeitado pela José Olympio, e essa edição foi um arranjo com *A Noite*. Eu não pagava nada, mas também não ganhava: se houvesse lucro era deles.

Marina Colasanti: Você partiu para esse livro com uma estrutura de romance já visualizada ou trabalhou primeiro formando pedaços que montou num romance?

Clarice Lispector: Olha... Alguém me dá um cigarro?... Obrigada. Eu tive que descobrir meu método sozinha. Não tinha conhecidos escritores, não tinha nada. Por exemplo, de tarde no trabalho ou na faculdade, me ocorriam ideias e eu dizia: "Tá bem, amanhã de manhã eu escrevo." Sem perceber ainda que, em mim, fundo e forma são uma coisa só. Já vem a frase feita. E assim, enquanto eu deixava "para amanhã", continuava o desespero toda manhã diante do papel em branco. E a ideia? Não tinha mais. Então, eu resolvi tomar nota de tudo o que me ocorria. E contei ao Lúcio Cardoso, que então eu conheci, que eu estava com um montão de notas assim, separadas, para um romance. Ele disse: "Depois faz sentido, uma está ligada a outra." Aí eu fiz. Estas folhas "soltas" deram *Perto do coração selvagem*.

Affonso Romano de Sant'Anna: Ele sugeriu alguma coisa, tecnicamente, em termos específicos da construção do romance?

Clarice Lispector: Não. A coisa é a seguinte: eu misturei as minhas leituras sem a mínima orientação... Havia uma biblioteca popular de aluguel na rua Rodrigo Silva, na Cidade, e eu escolhia os livros pelos títulos. Resultado: misturava Dostoievski com livro de moça, que hoje não existe mais. Eu tinha lido uns romances, que você nem pegou, de Delly e Ardel...

Marina Colasanti: Como não peguei Delly? Li e li muito!

Clarice Lispector: Eu lia, e como é que eu passei para o *Perto do coração selvagem* depois dessas leituras? E de repente, quando fui escrever, não tinha nada a ver com o que eu tinha lido. Mas eu tinha que arriscar.

Marina Colasanti: O título *Perto do coração selvagem* é tirado de Joyce, se não me engano.

Clarice Lispector: É de Joyce sim. Mas eu não tinha lido nada dele. Eu vi essa frase que seria como uma epígrafe e aproveitei.

Marina Colasanti: Porque o Joyce aparece, quer dizer, pode ser ele ou não ser, numa personagem sua chamada Ulisses e uma vez num depoimento na PUC você disse que não tinha nada a ver com o Ulisses do Joyce, nem com o de Homero, que não havia nenhuma citação escondida aí e que era apenas um rapaz que você tinha conhecido na Suíça.

Clarice Lispector: Certo. E que tinha se apaixonado por mim. E eu era casada, de modo que ele deu o fora da Suíça e nunca mais voltou. Ele era estudante de Filosofia.

Marina Colasanti: Você tem um cachorro chamado Ulisses, não é?

Clarice Lispector: Tenho um cachorro chamado Ulisses, sim.

Affonso Romano de Sant'Anna: Naquele depoimento uma aluna havia feito exatamente uma pergunta sobre a origem dos seus personagens. Porque ela via uma série de relações entre esse personagem e as características místicas que estariam presentes na *Odisseia* e até mesmo no Joyce.

Clarice Lispector: Bem, aos críticos cabe fazer as comparações.

Affonso Romano de Sant'Anna: O que a crítica sempre exaltou no seu trabalho é que você surgiu com um estilo pronto: não era um estilo em progresso. Em *Perto do coração selvagem* você já era Clarice Lispector e era ainda uma menininha de dezessete, dezoito anos.

Clarice Lispector: Engraçado que eu não tenha tido influências. Já estava guardado dentro de mim. Eu já tinha escrito contos antes disso.

Affonso Romano de Sant'Anna: Há uma influência que parece que você mesma reconheceu uma vez, se não de influência direta, pelo menos de leitura constante sua, que era *O lobo da estepe*, do Herman Hesse.

Clarice Lispector: Isso eu li aos treze anos. Fiquei feito doida, me deu uma febre danada, e eu comecei a escrever. Escrevi um conto que não acabava mais e que eu não sabia como fazer muito bem, então rasguei e joguei fora.

Marina Colasanti: Você rasga muita coisa?

Clarice Lispector: Agora eu aprendi a não rasgar nada. Minha empregada, por exemplo, tem ordem de deixar qualquer pedacinho de papel com alguma coisa escrita lá como está.

Affonso Romano de Sant'Anna: Porque se não, eu ia pedir a USP para colocar um funcionário dentro da tua casa. Ela está comprando os arquivos de todos os escritores brasileiros e, assim, já ficava um funcionário colhendo os teus papeizinhos para adiantar o expediente.

Clarice Lispector: Não diga? Quanto é que eles pagam?

Affonso Romano de Sant'Anna: Uma fortuna. Está lá a biblioteca do Mário de Andrade, entre outras. Você poderia ter faturado um bom dinheiro.

Clarice Lispector: Ai, meu Deus, eu rasguei tanto.

Affonso Romano de Sant'Anna: Você pode vender para eles ou vender, em dólar, para as universidades americanas.

Clarice Lispector: Uma universidade de Boston me escreveu certa vez, pedindo detalhes de minha vida. Eu não respondi, porque tenho muita preguiça de escrever cartas. E havia um amigo a quem disse: "Responde por mim. Diz o que você quiser e diz que eu estou de acordo." Aí, um dia eu recebo um diploma de Boston. Eu tinha sido considerada como fazendo parte da biblioteca da universidade. Nem sei onde está esse negócio.

Marina Colasanti: Você estava falando que começou escrevendo contos de criança, e de vez em quando você sai com um. Essa é outra atividade paralela que você faz de vez em quando?

Clarice Lispector: É. Hoje mesmo eu fui entrevistada por quatro meninas de onze anos do Santo Inácio, com fotografias e perguntas e perguntas por causa do *A mulher que matou os peixes* e se era verdade que eu gostava de bichos. Eu disse: "É claro! Eu também sou bicho!" Depois elas saíram... Me deixaram muito cansada.

Marina Colasanti: E o que faz com que você escreva livros infantis esporadicamente?

Clarice Lispector: Bom, primeiro, meu filho Paulo, em Washington...

João Salgueiro: Quantos filhos você tem?

Clarice Lispector: Dois. Um está morando com o pai e o outro está casado, mora aqui no Rio, Pedro e Paulo Gurgel Valente. Quando eu estava escrevendo *A maçã no escuro*, em Washington, meu filho Paulo me pediu, em inglês – eu falava em português com ele, mas ele falava comigo em inglês –, que escrevesse uma história para ele, e eu respondi: "Depois." Mas ele disse: "Não, agora." Então tirei o papel da máquina e escrevi *O mistério do coelho pensante*, que é uma história real, uma coisa que ele conhecia. Aí ficou lá. Eu escrevi em inglês para que a empregada pudesse ler para ele, que nessa época não era alfabetizado ainda... Eu já perguntei a um médico se é normal ter tantas ideias ao mesmo tempo e ele me disse que todo mundo tem, por isso é que eu me perco. Eu não sei mais o que estava falando... Ah! Aí a história ficou lá. Passado um tempo, um escritor paulista, eu nem sei o nome mais, que organizava livros infantis, me perguntou se eu tinha algum. Eu disse que não. De repente me lembrei que tinha a história do coelho e que era só traduzir para o português, o que eu mesma fiz.

Marina Colasanti: Você recebeu um prêmio pelo *Coelho pensante*?

Clarice Lispector: Recebi um prêmio de livro do ano, não me lembro qual, como o melhor livro de história infantil. Agora eu consegui que a Editora Rocco publicasse uma segunda edição.

João Salgueiro: O seu segundo livro, *O lustre*, é de 1946, não é?

Clarice Lispector: É mas, antes mesmo de publicar, eu estava engajada com outra coisa, de modo que eu não sentia essas coisas que depois eu senti muitas vezes: um silêncio horrível, uma exaustão. Ali não. Quando eu escrevi *O lustre*, apesar de ser um livro triste, tive um prazer enorme de escrever.

Marina Colasanti: Quando a gente estava vindo para cá, você disse que já estava cansada da personagem da novela que você está escrevendo.

Clarice Lispector: Pois é, de tanto lidar com ela.

Marina Colasanti: Você fala da personagem como se estivesse falando de uma pessoa existente, que te comanda.

Clarice Lispector: Mas existe a pessoa, eu vejo a pessoa, e ela se comanda muito. Ela é nordestina e eu tinha que botar para fora um dia o Nordeste que eu vivi. Então estou fazendo, com muita preguiça, porque o que me interessa é anotar. Juntar é muito chato.

Affonso Romano de Sant'Anna: Quebrando um pouco a cronologia, o *Água viva*, que é um livro bem posterior, dá a impressão de uma coisa fluida e que teve um jorro só de elaboração. Ele não passou por esse processo seu de coletar pedaços? Você foi escrevendo enquanto montou?

Clarice Lispector: Não, também anotando coisas. Esse livro, *Água viva*, eu passei três anos sem coragem de publicar achando que era ruim, porque não tinha história, porque não tinha trama. Aí o Álvaro Pacheco leu as primeiras páginas e disse assim: "Esse livro eu vou publicar." Ele publicou e saiu tudo muito bem.

Affonso Romano de Sant'Anna: É um dos seus livros mais transitáveis, para um público médio ou mesmo mais exigente.

Na semana passada, eu estava em Recife com Ariano Suassuna e ele disse que acha *Água viva* um dos melhores textos que já leu até hoje.

Clarice Lispector: "Virge Maria!" Eu conheço pessoas que leem e odeiam.

Affonso Romano de Sant'Anna: Esse "Virge Maria" é do Nordeste?

Clarice Lispector: "Ó, xente!" Também... (risos)

Marina Colasanti: Muitos trechos do teu trabalho no *Jornal do Brasil* eu reencontrei depois em *Água viva*. Você usava ali muito das tuas anotações, não é, Clarice?

Clarice Lispector: Claro! Eu estava escrevendo o livro e detestava fazer crônicas, então eu aproveitava e publicava. E não eram crônicas, eram textos que eu publicava.

Marina Colasanti: O *Children's Corner* era o mesmo processo de você utilizar as tuas anotações, não é, Clarice?

Clarice Lispector: Sim, as anotações *Children's Corner* fazem parte do livro *A legião estrangeira*, que traz uma parte de contos e outra de textos, que o Otto Lara Resende disse: "Bota o título 'Fundo de gaveta'." O livro foi inteiramente abafado pelo *A paixão segundo G.H.*, que saiu na mesma ocasião. Agora nessa segunda edição, a Ática quer publicar só os contos e depois as anotações...

Affonso Romano de Sant'Anna: Até me pediram para fazer a introdução desse volume.

Clarice Lispector: Não diga? Ah, faça...

Affonso Romano de Sant'Anna: Mas vão separar agora os contos das crônicas?

Clarice Lispector: Sim, vão separar os contos das crônicas, mas só que o volume das crônicas já não se chama mais "Fundo de gaveta", que é detestável, chama-se *Para não esquecer*.

Affonso Romano de Sant'Anna: Você vai anexar a esse texto outros textos? Porque quem quiser compreender melhor a possível teoria que você estivesse fazendo sobre a sua própria arte de escrever encontraria nesses textos uma série de elementos. Eles comentam a sua maneira de ver o mundo e a sua maneira de escrever. Um volume desse, assim, separado, seria muito útil para estudantes e para a crítica em geral.

Clarice Lispector: Você tem razão. Eles querem publicar separado, mas seis meses depois de *A legião estrangeira*. Vai ser lá para fins de 1977 início de 1978.

João Salgueiro: Clarice, vamos fazer uma cronologia da sua obra: seu primeiro livro foi *Perto do coração selvagem*, em 1944; a seguir veio *O lustre*, que já estava até escrito, mas só foi publicado em 1946; depois *A cidade sitiada*, em 1949.

Clarice Lispector: *A cidade sitiada* foi, inclusive, um dos meus livros mais difíceis de escrever porque exigiu uma exegese que eu não sou capaz de fazer. É um livro denso, fechado. Eu estava perseguindo uma coisa e não tinha quem dissesse o que era. San Thiago Dantas abriu o livro, leu e pensou: "Coitada da Clarice, caiu muito." Dois meses depois, ele me contou que, ao ir dormir, quis ler alguma coisa e o pegou. Então ele me disse: "É o seu melhor livro."

Affonso Romano de Sant'Anna: Qual foi a motivação que te levou a escrever esse livro?

Clarice Lispector: É a formação de uma cidade, a formação de um ser humano dentro de uma cidade. Um subúrbio crescendo, um subúrbio com cavalos, tudo tão vital... Construíram uma ponte, construíram tudo e de modo que já não era subúrbio. Então o personagem dá o fora.

Affonso Romano de Sant'Anna: Como foi o processo de criação desse livro? Você partiu de uma ideia determinada ou foi juntando textos também?

Clarice Lispector: Foi tudo meio cegamente... Eu elaboro muito inconscientemente. Às vezes pensam que eu não estou fazendo nada. Estou sentada numa cadeira e fico. Nem eu mesma sei que estou fazendo alguma coisa. De repente vem uma frase...

Marina Colasanti: Inclusive você tem um tempo físico de aquecimento, não é? Uma vez você me disse que acorda muito cedo de manhã, praticamente de madrugada, e não vai logo escrever. Fica andando pela casa, tomando café.

Clarice Lispector: É isso sim. Fico olhando, bobando...

Marina Colasanti: Fazendo um cooper literário interior... (risos)

Clarice Lispector: Depois de *A cidade sitiada* veio *A maçã no escuro*, que foi escrito... Foi engraçado, porque eu escrevi por duas vezes dois livros ao mesmo tempo. *Laços de família* e *A maçã no escuro* foram escritos ao mesmo tempo. Eu ia para um conto, escrevia e voltava para *A maçã no escuro*. Mais tarde, isso aconteceu de novo com um livro que não é grande coisa: *Onde estivestes de noite?* e não me lembro qual outro, que eu escrevi também ao mesmo tempo.

Affonso Romano de Sant'Anna: Foi *A via crucis do corpo?*

Clarice Lispector: Não foi, não.

Affonso Romano de Sant'Anna: *A maçã no escuro* sempre me impressionou muito. Aliás, dos seus livros foi o que mais me impressionou. Lembro que em 1960 ou 61, em torno disso, você foi a Belo Horizonte para uma tarde de autógrafos. Eu tinha publicado um livro de ensaios, ainda como estudante de Letras, e tinha um ensaio sobre ele. E lá eu, jovialmente, insistia com você sobre as raízes do livro. Porque eu achava o livro tão bem estruturado no sentido de...

Clarice Lispector: Foi o único livro bem estruturado que eu escrevi, eu acho. Se bem que não: *Água viva* segue o mesmo curso.

Affonso Romano de Sant'Anna: Exato. Era como se você tivesse estudado, até profundamente, uma série de assuntos sobre linguagem, uma série de informações contextuais que são importantes. Eu lembro de que você tinha me dito que não, que tinha escrito tudo num certo jato bastante individual de produção.

Clarice Lispector: É. Eu não estou muito a par das escolas e tudo, não.

Affonso Romano de Sant'Anna: Entre Ermelinda e Vitória, dentro de *A maçã no escuro*, qual é mais Clarice?

Clarice Lispector: Talvez Ermelinda, porque ela era frágil e medrosa. Vitória era uma mulher que eu não sou... Eu sou o Martim.

Affonso Romano de Sant'Anna: Exatamente. Teu livro na verdade é uma grande parábola. É uma parábola do indivíduo em busca da consciência, em busca de sua linguagem.

Clarice Lispector: Se fazendo. Tanto que a primeira parte se chama "Como nasce o mundo". A segunda é "O nascimento do herói", porque já era homem e queria ser herói. E a terceira é "A maçã no escuro".

Affonso Romano de Sant'Anna: Ainda dentro deste livro, você faz leituras ou teve influência de existencialistas?

Clarice Lispector: Não. Nenhuma. Minha náusea inclusive é diferente da náusea de Sartre. Minha náusea é sentida mesmo, porque quando eu era pequena não suportava leite, e quase vomitava quando tinha que beber. Pingavam limão na minha boca. Quer dizer, eu sei o que é a náusea no corpo todo, na alma toda. Não é sartriana.

Affonso Romano de Sant'Anna: Não quer dizer que você não tenha lido Sartre.

Clarice Lispector: Eu só li Sartre, só ouvi falar de Sartre na época de *O lustre*, em Belém do Pará.

Affonso Romano de Sant'Anna: O Sartre já era popular em Belém do Pará? Eu digo isso porque o Benedito Nunes é de lá.

Clarice Lispector: Eu tive um professor de literatura que buscava os livros da Europa e não do Rio. Era o Francisco Paulo Mendes, do mesmo grupo do Benedito Nunes.

Marina Colasanti: Eu acho que é muito recorrente nos contatos de Clarice com o pessoal de literatura esse desencontro, porque os estudiosos de literatura têm dificuldade em admitir que o teu trabalho é de dentro para fora e não de fora para dentro. Teu trabalho realmente, como você mesma diz, se dita, se faz. E isto para os exegetas literários é uma coisa muito complicada porque eles procuram os caminhos "fora" que te levariam às coisas.

Clarice Lispector: É, eu sei disso.

Affonso Romano de Sant'Anna: Você tem se descortinado muito ultimamente?

Clarice Lispector: Como em *A maçã no escuro*? De vez em quando acontece.

Affonso Romano de Sant'Anna: Essa é uma das frases típicas do livro, não é?

Clarice Lispector: É, sim.

Affonso Romano de Sant'Anna: Aquele diálogo final entre o pai e o filho, entre Deus e o filho, entre o homem e a consciência; aquele diálogo é totalmente surpreendente dentro do livro porque é uma parte irônica e de repente...

Clarice Lispector: Foi a parte mais... Eu senti tanto, porque com aquela ironia, o pai destruía tudo.

Affonso Romano de Sant'Anna: "Como vai a vida sexual, meu filho?"

Clarice Lispector: Como era a outra frase? Não me lembro.

Affonso Romano de Sant'Anna: "Você sabe, condenado a sentir esperança."

Clarice Lispector: "Você tem esperança?" "Tenho." Não me lembro.

Affonso Romano de Sant'Anna: "Eu te ordeno. Ordeno que sofras a esperança."

Clarice Lispector: "Vai e sofre a esperança."

Affonso Romano de Sant'Anna: "Sabe que a vida é um combate que os fracos abate."

Clarice Lispector: E começa a degringolar.

Affonso Romano de Sant'Anna: Então você tem na cabeça bastante dos teus textos escritos, apesar de você ter dito uma vez que nunca releu um texto teu.

Clarice Lispector: Eu ainda me lembro, mas eu nunca reli. Eu não releio. Eu enjoo. Quando é publicado já é como um livro morto, não quero mais saber dele. E quando leio, eu estranho, acho ruim, por isso não leio. Também não leio as traduções que fazem dos meus livros para não me irritar.

Marina Colasanti: Elas são ruins, em geral?

Clarice Lispector: Eu nem quero saber. Mas sei que não sou eu mesma escrevendo.

Marina Colasanti: Você tem muitas traduções?

Clarice Lispector: A Gallimard publicou *A maçã no escuro*. Vai publicar agora *A paixão segundo G.H.* Um agente literário me procurou dizendo que uma editora nova na França, em Paris, queria publicar *Uma aprendizagem ou O livro dos prazeres*. Ficou em suspenso um pouco porque eu tenho um outro agente literário. Pela primeira vez na vida. Carmen Balcels me procurou e perguntou se eu queria. Eu disse: "Quero." E ela me falou: "Você é muito explorada. Você é muito explorada no Brasil mesmo." Então eu aceitei.

Affonso Romano de Sant'Anna: E ela já conseguiu vender algum título seu?

Clarice Lispector: Ah, não sei. Hoje eu vou ter um encontro com um auxiliar dela. Na Alemanha e nos Estados Unidos publicaram *Laços de família* e *A maçã no escuro*. Na Checoslováquia também traduziram o livro. Lá eu era Lispectorovna. Esse eu olhei com prazer, porque não podia entender. (risos) Também tem o de Caracas que publicou *A paixão segundo G.H.* e *A legião estrangeira*. Tenho também na Argentina um bocado de livros traduzidos.

Affonso Romano de Sant'Anna: Nós vimos em Buenos Aires uma edição espanhola, creio que *A maçã no escuro*, não?

Clarice Lispector: Publicaram quase todos os meus livros. Quando cheguei lá fiquei boba. Eu estive lá esse ano.

Affonso Romano de Sant'Anna: E esse pessoal paga a você?

Clarice Lispector: Não, nada. Às vezes pergunto, mas é tão inútil, porque eles não pagam mesmo. É outro país, é outra coisa, se aqui me pagam mal! Quanto mais quando é em outro país. A Argentina publicou muita coisa minha, eu fiquei boba quando cheguei lá, não sabia que eles me conheciam. Fizeram um coquetel, trinta jornalistas, eu falei pela rádio, tudo meio teleguiada, porque era tudo tão estranho, tão inesperado, que eu ia agindo assim sem saber. Nem notei que estava falando para rádio... Sei lá... Uma mulher lá me beijou a mão.

Marina Colasanti: Aqui no Brasil, os teus livros estão com várias editoras no momento...

Clarice Lispector: O que, talvez, seja um erro.

Marina Colasanti: E por que estão tão espalhados os teus livros?

Clarice Lispector: Sei lá. *Água viva* foi o Álvaro Pacheco quem publicou porque ninguém tinha coragem de publicar e o Álvaro quis, ele é arrojado, então publicou. Tinha livros pela Editora do Autor, que depois se tornou a Sabiá. Eu continuei na Sabiá e ela foi comprada pela José Olympio, que acabou ficando com a maior parte dos títulos.

Marina Colasanti: Mas agora você tem livros também pela Ática...

Clarice Lispector: Vou ter, vou ter. E pela Rocco também, e pela Paz e Terra...

Affonso Romano de Sant'Anna: Que é *A maçã no escuro*, não é? É uma edição cheia de defeitos, você já viu?

Clarice Lispector: Eu nem posso olhar. Eu abri, assim, e vi que, entre uma linha e outra tinha o nome do linotipista e a numeração da data em que ele escreveu. Eu reclamei e me disseram: "Ah, todo livro sai com erro."

Affonso Romano de Sant'Anna: Mas isso é um absurdo porque, alguns dos meus alunos, quando eu estava estudando esse livro, pensaram que aqueles nomes, aqueles números na margem do livro tinham alguma coisa a ver com o enredo e tinham sido escritos pela autora.

João Salgueiro: Clarice, você publicou um livro de contos em 1952, não é?

Clarice Lispector: Pelo Ministério da Educação, um livrinho fininho. Depois eu incluí esses contos em *Laços de família*, porque esse outro livro praticamente não teve divulgação.

João Salgueiro: Depois vem um livro em 1964, *A paixão segundo G.H.*

Clarice Lispector: Mas foi escrito em 1963. É curioso, porque eu estava na pior das situações, tanto sentimental, como de família, tudo complicado, e escrevi *A paixão...*, que não tem nada a ver com isso, não reflete!

Affonso Romano de Sant'Anna: Você acha que não?

Clarice Lispector: Acho, em absoluto. Porque eu não escrevo como catarse, para desabafar. Eu nunca desabafei num livro. Para isso servem os amigos. Eu quero a coisa em si.

Affonso Romano de Sant'Anna: Deixa eu criar um problema para você. Você sabe que a crítica literária hoje tem a seguinte teoria: o texto é exatamente igual ao sonho, tem um conteúdo manifesto e um conteúdo latente.

Clarice Lispector: Concordo.

Affonso Romano de Sant'Anna: Então, você não acha que seria possível que no inconsciente do texto se localize isto tudo?

Quer dizer, há uma certa faixa no texto que, como no sonho, foge ao controle do sonhador...

Clarice Lispector: É, fugiu ao controle quando eu, por exemplo, percebi que a mulher G.H. ia ter que comer o interior da barata. Eu estremeci de susto.

Affonso Romano de Sant'Anna: Por que G.H.?

Clarice Lispector: Porque era ela falando sobre ela mesma, quer dizer, não se chamava a si mesma, mas tem um pedaço em que ela consegue um nome, pois na valise, na mala, havia as iniciais G.H. Então ficou "segundo G.H.".

Marina Colasanti: Tem um conto seu que me intriga muito e que, de uma certa maneira, me parece muito sozinho dentro da tua obra. É o conto da rapariga portuguesa.

Clarice Lispector: Ih! Com esse eu me diverti à beça. (risos)

Marina Colasanti: Eu também, mas é estranho porque é a única vez na tua obra que o personagem e o narrador falam numa linguagem tão elaborada, numa linguagem portuguesa...

Clarice Lispector: Não sei de onde eu peguei isso, como é que eu sabia que "peúgas" é meia de homem.

Marina Colasanti: Eu ia perguntar se você já morou em Portugal.

Clarice Lispector: Não. Eu já fiquei em Portugal doze dias, mas não dava. Sei lá de onde eu peguei o jeito... Fui recolhendo aqui e ali, da babá ou do botequim... E me diverti enormemente... Eu estou com vergonha de dizer, mas estou com sede. Tem Coca-Cola?... (risos)

João Salgueiro: Em 1969, você publicou um livro chamado *Uma aprendizagem ou O livro dos prazeres*. Você não gostaria de falar um pouco do livro?

Clarice Lispector: Bom, é um livro... É uma história de amor, e duas pessoas já me disseram que aprenderam a amar com esse livro... Pois é.

João Salgueiro: É um livro do qual você gosta muito?

Clarice Lispector: Não.

João Salgueiro: Então você prefere algum outro. *Laços de família*, por exemplo.

Clarice Lispector: De *Laços de família* eu estou meio enjoada, já está na sétima edição... Eu me lembro muito do prazer que eu senti ao escrever *A maçã no escuro*. Todas as manhãs eu datilografava, chegava a 500 páginas. Eu copiei onze vezes para saber o que é que estava querendo dizer, porque eu quero dizer uma coisa e não sei ainda bem ao certo. Copiando eu vou me entendendo e vou...

Affonso Romano de Sant'Anna: Quer dizer que o seu processo de produção, em síntese, é bastante complexo. Ao mesmo tempo que joga com o elemento meio irracional, trabalha também na composição e montagem do texto e depois vai refazendo esse texto integral diversas vezes.

Clarice Lispector: Não. Quando eu parto de uma ideia que me guia, eu não reescrevo, o que não quer dizer que não mexa muito nas palavras... Obrigada... Esse é o século da Coca-Cola!

Affonso Romano de Sant'Anna: Você sabe que vários escritores consultados preferiam a Pepsi?... (risos)

Clarice Lispector: Quando eu morrer, que eu não sei quando é...

Affonso Romano de Sant'Anna: Nem pretende, não é?

Clarice Lispector: Não, não pretendo.

Marina Colasanti: Agora com a Academia aberta às mulheres, você corre o risco de não morrer.

Clarice Lispector: Não, eu não quero nada com a Academia mas... O que é que eu estava falando mesmo?

Affonso Romano de Sant'Anna: Quando você morrer...

Clarice Lispector: Será que terá Coca-Cola e Pepsi ainda? Daqui a não sei quanto tempo? Hoje eu estou fazendo uma exceção, tomando Coca-Cola, porque eu estou fazendo regime para emagrecer e não posso tomar refrigerante. Mas eu acho tão difícil o que eu estou fazendo que eu estou me dando um prêmio. (risos)

Marina Colasanti: Mas não está doendo muito não, tá? Este depoimento?

Clarice Lispector: Não, está tão normal. Está fluindo com tanta... eu não estou assustada, não estou nada.

Affonso Romano de Sant'Anna: Você sabia que a Clarice é uma tremenda bruxa? (risos)

Clarice Lispector: Ah, isso foi um crítico, não me lembro de que país latino-americano, que disse que eu usava as palavras não como escritora, mas como bruxa. Daí talvez o convite para participar do Congresso de Bruxaria da Colômbia. Me convidaram e eu fui.

Marina Colasanti: A única bruxa brasileira. (risos)

Affonso Romano de Sant'Anna: Mas conte sobre as suas relações com a bruxaria, Clarice. Se você tivesse que introduzir o leitor nestes mistérios, quais seriam os dados?

Clarice Lispector: Não tem, não tem!

João Salgueiro: A ideia de bruxaria nasceu do crítico, e você não a desenvolveu?

Clarice Lispector: Nada, nada. Foi inconsequente, inclusive estranhei o clima em Bogotá, na Colômbia. Tinha dores de cabeça, e, um dia, me tranquei no quarto, fiquei sozinha. Não atendia telefone, só chamava para comida e bebida. Estava achando tudo muito enjoado. Eu enjoo muito facilmente das coisas...

Affonso Romano de Sant'Anna: Como é que foi a sua apresentação lá?

Clarice Lispector: Disseram que queriam um texto meu. Eu não sabia fazer um texto sobre bruxaria porque não sou bruxa, não é? Então, traduzi para o inglês *O ovo e a galinha*. Aí eu pedi a um fulano de tal, que eu não me lembro o nome, para ler. Ele tinha a tradução espanhola. A maior parte das pessoas não sabe o que foi lido, não entendeu nada. Agora, um americano ficou tão alucinado que me pediu uma cópia daquele conto...

João Salgueiro: Há algum autor que tenha te influenciado mais?

Clarice Lispector: Olha, que eu saiba, não.

João Salgueiro: Você nunca sentiu um impacto violento com um livro?

Clarice Lispector: Um pouco, às vezes. Senti com *Crime e castigo*, de Dostoievski, que me fez ter uma febre real, *O lobo da estepe* também me virou toda... Meu primeiro emprego, quando eu tinha treze ou catorze anos, ainda estava no ginásio, mas era professora particular de português e matemática... A propósito, por que eu estou falando nisso?...

João Salgueiro: Influência literária. Qual era o autor que mais te influenciou?

Clarice Lispector: Ah, bom! Então, com o primeiro dinheiro que eu ganhei, meu primeiro mesmo, entrei, muito altiva, numa livraria para comprar um livro. Aí mexi em todos e nenhum me dizia nada. De repente eu disse: "Ei, isso aí sou eu." Eu não sabia que Katherine Mansfield era famosa, descobri sozinha. Era o livro *Felicidade*.

Affonso Romano de Sant'Anna: E Virginia Woolf, com quem o próprio Álvaro Lins tentou, parece, comparar você.

Clarice Lispector: Não, não tinha lido, e dela só li *Orlando*.

João Salgueiro: E Franz Kafka?

Clarice Lispector: Kafka eu fui ler muito mais tarde, quando já tinha publicado muitos dos meus livros. Eu sinto uma aproximação muito boa, mas eu já tinha escrito muitos livros antes de ler suas obras...

Affonso Romano de Sant'Anna: O professor de matemática é uma recorrência nos seus contos. Eu queria continuar aquela conversa do professor de matemática que certa vez tinha te falado a respeito de um livro.

Clarice Lispector: Não, de um conto: *O crime do professor de matemática*. Mas a matemática me fascinava, me lembro que eu era ainda muito menina quando botei anúncio no jornal como explicadora. Aí, uma senhora me telefonou, disse que tinha dois filhos, me deu o endereço e eu fui lá. Ela olhou para mim e disse: "Ah, meu bem, não serve, você é muito criança." E eu disse: "Olha, vamos fazer o seguinte, se seus filhos não melhorarem de nota, então a senhora não me paga nada." Ela achou curiosa a coisa e me pegou. E eles melhoraram sensivelmente.

Affonso Romano de Sant'Anna: Então, caberia aquela pergunta sobre matemática: dois e dois são quatro ou cinco?

Clarice Lispector: Para os psicóticos dois e dois são cinco, para os neuróticos dois e dois são quatro, *but I can't stand it*, eu não aguento! (risos)

João Salgueiro: Você chegou a conhecer o pintor Giorgio de Chirico?

Clarice Lispector: Sim, conheci. Eu estava em Roma e um amigo meu disse que o De Chirico na certa gostaria de me pintar. Aí, perguntou e ele disse que só me vendo. Aí me viu e disse: "Eu vou pintar o seu retrato." Em três sessões ele fez e disse assim: "Eu poderia continuar pintando interminavelmente esse retrato, mas tenho medo de estragar tudo."

João Salgueiro: Onde se encontra esse retrato hoje?

Clarice Lispector: Está lá em casa.

Marina Colasanti: Ela tem uma boa coleção de retratos. Vários artistas pintaram Clarice.

Clarice Lispector: O negócio é o seguinte: é que eu, ao que parece, tenho o rosto um pouco exótico. E isso atrai muito os pintores.

Affonso Romano de Sant'Anna: Você é meio asiática...

Clarice Lispector: Aliás, quando eu estava em Washington, num coquetel, um homem ficou me olhando, me olhando, chegou perto de mim e perguntou: "Você é russa?" "Eu nasci na Rússia, mas não sou russa não, por quê?" "Porque você tem o tipo fino dos russos." Eu perguntei quem ele era e ele disse não sei o quê Tolstói; era parente do Tolstói.

Marina Colasanti: Clarice, como é que você consegue conciliar a sua personalidade tímida e a carreira diplomática, que você era obrigada a acompanhar?

Clarice Lispector: Eu detestava, mas eu cumpria com minhas obrigações para auxiliar meu ex-marido. Eu dava jantares, fazia todas as coisas que se deve fazer, mas com um enjoo...

Marina Colasanti: E você escrevia paralelamente? Porque a vida diplomática ocupa muito.

Clarice Lispector: Escrevia! Escrevia, atendia o telefone, no meio das crianças gritando, o cachorro saindo e entrando... *A maçã no escuro* foi isso...

Marina Colasanti: A presença dos seus filhos é muito constante em contos, anotações, trechos... Você viveu sempre muito ligada com eles, não?

Clarice Lispector: Sim, eu sou ligadíssima neles.

Marina Colasanti: E como eles vivem o fato de você ser escritora? Eles são seus leitores?

Clarice Lispector: Não sei, nunca perguntei, mas o Paulo, um dia desses falou de um conto meu, aí eu fiquei sabendo que ele leu. Porque o que eu era, e sou, principalmente, é mãe deles, e não escritora. E deve ser chato à beça ter mãe escritora.

Marina Colasanti: Mãe sempre é chata, Clarice, não há possibilidade da gente não ser...

Clarice Lispector: É, mãe é chato...

Marina Colasanti: Mas dos contos infantis, pelo menos os que você fez para eles, você sabe que eles eram seus leitores.

Clarice Lispector: Eu sei que eram. E gostavam, porque eu não minto para criança...

Marina Colasanti: "O pensamento da Laura Galinha", você já não fez para eles.

Clarice Lispector: Não. Eu fiz porque galinha sempre me impressionou muito. Quando eu era pequena, eu olhava muito para uma galinha, por muito tempo, e sabia imitar o bicar do milho, imitar quando ela estava com doença e isso sempre me impressionou tremendamente. Aliás, eu sou muito ligada a bicho, tremendamente. A vida de uma galinha é oca... uma galinha é oca!

Affonso Romano de Sant'Anna: Uma mulher também!

Clarice Lispector: Claro, é também!...

Marina Colasanti: Mas é um oco produtor, um oco que gera. Ela tem os dois lados, o de dentro e o de fora, talvez o de dentro ainda mais forte que o de fora. Os homens não, são só o de fora e monobloco...

João Salgueiro: Quer dizer então, Clarice, que a vida diplomática não te ajudou, nem te perturbou.

Clarice Lispector: Não interferiu, porque eu escrevia em casa, a qualquer hora...

João Salgueiro: Era bom viajar?

Clarice Lispector: Olha, eu morria de saudades do Brasil. Eu estive fora do Brasil quase 16 anos. Quando não aguentava a saudade vinha ao Brasil. Quando eu estava lá, todo mundo me dizia: "Por que não manda os livros para uma editora no estrangeiro, para traduzir." Eu dizia: "Agora não é tempo de traduzir, é tempo de trabalhar." Não me interessa e nunca pedi a ninguém para me publicar fora do Brasil.

Marina Colasanti: Falando em traduzir, essa é uma outra dessas tuas atividades paralelas. Você traduz, até muito.

Clarice Lispector: Eu descobri um modo de não me cacetear... É o seguinte: jamais leio o livro antes de traduzir. É frase por frase, porque você é levada pela curiosidade para saber o que vem depois, e o tempo passa. Enquanto que, se você já leu, sabe tudo, é um dever. Me dá um medo quando vejo assim, trezentas páginas na minha frente...

Marina Colasanti: Eu começo sempre pelo segundo capítulo, porque eu sempre acho que se eu começar pelo primeiro, que é onde o leitor vai entrar, eu ainda não tenho a linguagem do autor na mão, então eu começo o segundo e quando eu acabo eu faço o primeiro.

Clarice Lispector: Ah! É ótimo! Eu vou adotar isso.

Marina Colasanti: É ótimo. O primeiro acaba mais bem-feito.

Affonso Romano de Sant'Anna: Porque o primeiro capítulo geralmente se escreve no fim, não é?

Clarice Lispector: Apesar do aparente absurdo do que você disse, é verdade.

Marina Colasanti: Você escreve o primeiro no fim?

Clarice Lispector: Concomitantemente. Eu nunca sei de antemão o que eu vou escrever. Têm escritores que só se põem a escrever quando têm o livro na cabeça. Eu não. Vou me seguindo e não sei no que vai dar. Depois vou descobrindo o que eu queria.

Affonso Romano de Sant'Anna: Você tinha falado no início que está escrevendo um livro agora cuja personagem é uma nordestina que come sanduíche.

Clarice Lispector: Não, que só come cachorro-quente, café e refrigerante e ganha menos que um salário mínimo.

João Salgueiro: Esse é o seu último livro?

Clarice Lispector: É o que eu estou fazendo agora.

Affonso Romano de Sant'Anna: Quais foram suas últimas leituras? O que você leu recentemente, que tenha te impressionado mais. Mesmo de crítica literária, que eu sei que você lê para descansar...

Clarice Lispector: É, eu gosto muito de ler ensaio... Mas devo confessar que há muito tempo que eu não leio.

Affonso Romano de Sant'Anna: Você acha que ler muito atrapalha o processo de criação?

Clarice Lispector: Eu não diria que atrapalha, mas quando estou trabalhando eu não leio nada.

Affonso Romano de Sant'Anna: E quando você lê, mais poesia ou prosa?

Clarice Lispector: Os dois, os dois. Sua poesia é muito boa, eu leio. E a Marina escreveu um livro muito bom, muito original, sem copiar de ninguém, sem modismos, inovações... Eu leio muito pouco. É um crime, mas é verdade.

Affonso Romano de Sant'Anna: Você já teve alguma tentativa explícita de escrever poesia? Porque o seu texto, a rigor, é em prosa mas *Água viva* é um texto poético...

Clarice Lispector: Todo mundo parece que começa com poesia, não é? Eu andei escrevendo umas folhas, mas jogava fora, porque não prestavam. (risos)

Marina Colasanti: Uma vez você estava conversando com a gente e disse que quando lê uma crítica de um livro seu, você passa três dias sem escrever, sem fazer nada, completamente nauseada.

Clarice Lispector: Não é nauseada não. Eu fico quando eu estou trabalhando. Quando eu não estou trabalhando, eu leio a crítica, muito bem e tudo. Quando eu estou trabalhando, uma crítica sobre mim interfere na minha vida íntima, então eu paro de escrever para esquecer a crítica. Inclusive as elogiosas, pois eu cultivo muito a humildade. De modo que, às vezes, me sentia quase agredida com os elogios.

Affonso Romano de Sant'Anna: Você é convidada sistematicamente para fazer conferências, palestras... Você gosta?

Clarice Lispector: Não gosto, mas pagam cachê e a viagem. Eu gosto muito de viajar. Aí eu faço, e depois há os debates...

João Salgueiro: Você faz isso em caráter profissional?

Clarice Lispector: É, eu não gosto muito. E por falar em profissional, eu não sou escritora profissional, porque eu só escrevo quando eu quero.

Marina Colasanti: Você disse isso ao receber o prêmio em Brasília.

Clarice Lispector: Eu disse, é?

Affonso Romano de Sant'Anna: Um prêmio pelo conjunto da obra, não foi? E por falar em prêmios...

Clarice Lispector: Ah, já ganhei vários. *Perto do coração selvagem*, ganhou o Prêmio Graça Aranha, se eu não me engano.

Affonso Romano de Sant'Anna: Você sempre se deu bem com os prêmios ou já se irritou, se envolveu em polêmicas, desgastes?

Clarice Lispector: Não, não ligava a mínima, nada, nada.

João Salgueiro: Os prêmios não te afetam em nada? Vaidade... Satisfação?

Clarice Lispector: Não, não sei explicar, mas prêmio é fora da literatura – aliás, literatura é uma palavra detestável –, é fora do ato de escrever. Você recebe como recebe o abraço de um amigo, com determinado prazer. Mas, depende da...

Affonso Romano de Sant'Anna: É uma coisa circunstancial?

Clarice Lispector: É. Ganhei o Golfinho de Ouro, ganhei...

João Salgueiro: E o Golfinho só é dado a gente de muito gabarito!

Clarice Lispector: Ganhei um Calunga, no Paraná. Você sabe o que é um calunga? No Nordeste, calunga é aquela figura de menino caricata, por causa do livro infantil. Ganhei um, de uma senhora – não sei por que ela se mete tanto com escritores – Carmen Dolores não sei do quê.

Affonso Romano de Sant'Anna: Esse é o Prêmio Carmen Dolores Barbosa, em São Paulo.

Clarice Lispector: É, aí eu fui lá e recebi o prêmio, exatamente das mãos do Jânio Quadros. Depois de um discurso dele enorme, recebi um envelope e dentro vinte cruzeiros. Valia um pouco mais que agora, mas eram vinte cruzeiros. Eu fiquei boba, era tão pouco!

Affonso Romano de Sant'Anna: E as teses que são feitas sobre você em universidades, você recebe visitas, pessoas do estrangeiro?

Clarice Lispector: Vem, vem sim. Há pouco tempo um jornalista uruguaio veio me entrevistar. Aliás, foi muito franco. Ele olhou os meus retratos e disse assim: "Você era linda!... Você ainda é bonita, mas não tanto." E eu observei: "Mas o tempo passa, não é?" Ele, então, me falou: "No começo você não é muito simpática, fica muito fechada e desconfiada; só depois é que você se torna simpática." Mas uma coisa, pelo menos ele me disse: "Que pena a sua mão queimada, porque você tem mãos tão bonitas!"... Eu sou procurada sim, recebo muita gente. Eu tenho muita antologia, até no Canadá. Sempre me escrevem pedindo autorização, mas sem falar nunca em pagamento.

Affonso Romano de Sant'Anna: Mas agora com uma agente literária você pode cobrar tudo isso.

Clarice Lispector: É bem capaz de dar um jeito.

Marina Colasanti: Você teve um período que estava vendendo uns quadros seus, porque estava precisando de dinheiro.

Clarice Lispector: É, pois é...

Affonso Romano de Sant'Anna: A Marina sempre diz que, num país mais organizado, mais desenvolvido, uma escritora como você teria, por causa do que escreve, em decorrência, um nível de vida bastante tranquilo. Acho que a posição de Clarice reflete muito o problema do escritor brasileiro.

Clarice Lispector: Um livro que faça sucesso de crítica nos Estados Unidos enriquece o escritor! Um livro!

Marina Colasanti: Todos os seus fizeram sucesso e você continua fazendo conferências e traduções... Você faz traduções à tarde, não é Clarice? Porque de manhã você escreve para você.

Clarice Lispector: Olha, eu faço tradução a qualquer hora. Sou muito desorganizada. Eu traduzo do inglês e do francês. Mas trabalho depressa, intuitivamente. Às vezes consulto um dicionário, às vezes não, e, dependendo do caso, várias vezes.

João Salgueiro: Você aprendeu francês e inglês durante a carreira diplomática?

Clarice Lispector: Sabe como é que eu aprendi francês? Lendo francês. Eu não disse que era uma tímida arrojada? Peguei um livro de francês e me pus a ler pelo sentido, pela semelhança da língua latina, eu ia pegando, pegando, até que aprendi. A conversação... bem, eu estive três anos na Suíça e a minha empregada falava francês comigo. O inglês também foi assim, eu nunca fiz curso.

Affonso Romano de Sant'Anna: Vocês nunca falaram russo em casa?

Clarice Lispector: Não que eu tenha ouvido, porque meu pai logo começou a falar português.

Marina Colasanti: Ainda ligado ao russo: você, em criança, conheceu, através de contos de fada e coisas semelhantes, o folclore russo, porque é muito rico...

Clarice Lispector: É, eu sei que deve ser, mas eu nunca li.

Marina Colasanti: Nem te contavam histórias?

Clarice Lispector: Não, não me contavam. Minha mãe era doente e davam todas as atenções para ela. Eu vinha atrás da empregada pedindo: "Conta uma história, conta..." "Já contei!" "Repete, repete."

Marina Colasanti: Você esteve em Recife agora. Quando você vai ao Recife se sente em casa ou sua terra é o Rio de Janeiro?

Clarice Lispector: Agora, minha terra é o Leme, onde moro desde 1959. Mudei de casa, mas no próprio Leme.

Affonso Romano de Sant'Anna: Os bairros cariocas que você cita no *Laços de família*, foi por causa de uma peregrinação que você tenha feito, ou cita foneticamente?

Clarice Lispector: Não, eu não fui, não. É porque eu sei como deve ser.

Affonso Romano de Sant'Anna: Nem o Jardim Botânico é uma curtição especial?

Clarice Lispector: O Jardim Botânico, sim.

Marina Colasanti: Porque tem aquele conto, não é? E tem o do Zoológico também. De Zoológico você entende.

Clarice Lispector: Um rapaz que também escreve me disse uma vez: "Você tem um conto em *A via crucis do corpo* que se passa na Praça Mauá, em um inferninho, um lugar onde se bebe, se dança, com prostitutas e tudo... Você esteve em um bar da Praça Mauá?" Eu disse que não. "E como é então que eu, que já estive, não sei escrever a respeito e você sabe?" (risos) ... A gente vai pegando uma palavra aqui, uma palavra lá, o resto a gente calcula...

João Salgueiro: Você como pessoa, no contexto do mundo atual, se sente integrada na sociedade ou se sente solitária?

Clarice Lispector: Olha, eu tenho amigos, amizades, mas escrever é um ato solitário. Fora do ato de escrever eu me dou com as pessoas.

João Salgueiro: Quer dizer que não sente solidão?

Clarice Lispector: Às vezes, às vezes, e até muito profunda... O Alceu Amoroso Lima escreveu uma coisa que foi muito repetida, que eu estava numa trágica solidão nas letras brasileiras.

Affonso Romano de Sant'Anna: Não sei se é indiscrição minha, mas você podia contar a história dos pombos? A história, em si, daria um conto.

Clarice Lispector: Daria, mas um conto fantástico, que não seria tomado como realidade. Mas foi... Foi o seguinte: no dia primeiro de janeiro de 1964, uma amiga minha entrou em sua casa para buscar qualquer coisa e eu me sentei na escadaria para esperá-la. De repente, me deu um tal desespero com aquele sol e a água vazia, primeiro dia do ano, que eu disse: "Ai, meu Deus do céu, me dá pelo menos um símbolo da paz." Quando abri os olhos tinha um pombo junto a mim. Aí eu fui ao cinema. As lojas estavam fechadas, mas junto ao cinema Paissandu, numa vitrine, havia um prato com quatro pombos que eu, no dia seguinte, fui e comprei. Está meio abandonado agora... Mas o terceiro fato foi o mais dramático: eu estava indo à cidade num dia de calor, tomei um táxi e estava tão cansada, de óculos escuros, que debrucei a cabeça em cima do encosto do assento frontal. De repente, senti uma coisa entre o olho e os óculos e fui ver o que era. Era uma pena de pombo... Depois, fui fazer uma visita de camaradagem a um amigo meu que era médico e contei a história. E então perguntei: "Como é que você explica isso?" Ele apenas disse: "O que é bom não precisa de explicação..." e perguntou: "Você quer uma pena de pombo?" Assustada, eu disse: "Você tem?" Então ele pegou uma e me deu... Em outra oportunidade quando eu fui ao médico, tomei um táxi que, no percurso, deu uma freada brusca. Eu perguntei ao chofer: "O que foi?" E ele disse: "Graças a Deus, eu acabo de evitar de matar uma pomba." Uma história incrível.

Marina Colasanti: Há um tempo atrás você estava atravessando um período de crise de escritura. Quer dizer, você não queria escrever. Você tinha acabado o livro anterior a esta novela que está escrevendo agora. Inclusive você dizia que a tua libertação seria poder não escrever.

Clarice Lispector: É claro!... Escrever é um fardo!

João Salgueiro: Clarice, esta pergunta é de uma jornalista: "Você é uma intuitiva. Então como encara o sobrenatural em sua vida?"

Clarice Lispector: Olha, o natural é sobrenatural também. Não pense que está longe, não. O natural já é um mistério...

João Salgueiro: É interessante esta identificação do natural com o sobrenatural. Dá motivo a discussões interessantes.

Clarice Lispector: É, eu acho. Um dia destes eu estava numa fazenda e o fazendeiro que falava sobre os seus próprios problemas disse: "Porque é claro que o bezerro reconhece a mãe. Ela só dá leite para o seu bezerro." E eu então disse: "Não é claro, não. Isso não é natural, não." Mas ele espantou-se: "Como não é natural?" "É um fato formidável! Você já pensou no que uma vaca pensa?" Aí o homem se estatelou todo, coitado. Mudou de assunto na hora... Mas que elas reconhecem, reconhecem. Antes de se retirar o leite de uma vaca, amarra-se o bichinho ao lado da mãe e, depois, começa-se a tirar o leite. A vaca pensa que ainda está dando leite ao filho, e deixa. Agora, quando chamam para o leite e soltam os bezerrinhos, cada um vai para sua mãe e nunca, nunca erram. Quando o bezerro nasce morto, pegam a pele dele e botam em cima de um outro qualquer para a mãe pensar que ainda está dando leite para ele... Como você vê, com vaca e com galinha eu me dou muito bem!

Marina Colasanti: E também com camelos, búfalos...

Clarice Lispector: Com cavalos...

João Salgueiro: Talvez isso seja uma identificação com as forças da natureza.

Clarice Lispector: Acho que é sim. É algo muito profundo...

Affonso Romano de Sant'Anna: A crítica já falou do sentido ôntico dos animais de Clarice.

Clarice Lispector: O que é ôntico mesmo¿

Affonso Romano de Sant'Anna: É o ser que se encontra dentro dos animais.

Clarice Lispector: Que se encontra, se encontra!

Marina Colasanti: Você disse que é um animal. Você é algum animal determinado.

Clarice Lispector: Não, não me sinto não. Os outros é que me achavam com ar de tigre, de pantera. Outros me achavam parecida com uma garça, por causa das pernas compridas... Quando eu era pequena, eu tinha gato que não acabava mais...

Marina Colasanti: As pessoas devem achar que você é meio felina por causa dos olhos, mas não é não. É porque você tem um comportamento interno e uma observação constante que é dos felinos.

Clarice Lispector: É, eu concordo. Com aquilo que eu conheço de gatos, eu concordo.

Affonso Romano de Sant'Anna: Você se encolhe e dá pulos também, não é¿

Marina Colasanti: Você não pode falar nada, Affonso, porque é cavalo... E eu sou raposa. (risos)

Clarice Lispector: E ele, o que é¿

Affonso Romano de Sant'Anna: Ele é um salgueiro, esplêndido na planície!... (risos)

Clarice Lispector: É, uma frondosa árvore. Com muitos frutos...

João Salgueiro: Que ótimo! Partindo da Clarice é uma coisa formidável!...

BIBLIOGRAFIA

CADERNOS de Literatura Brasileira. Instituto Moreira Salles. Edição Especial, números 17 e 18. Dezembro de 2004.

CASTELLO, José. *O inventário das sombras.* Rio de Janeiro: Record, 1999.

FITZ, Earl E. "A pecadora queimada e os anjos harmoniosos: Clarice Lispector as dramatist". *Luso-Brazilian Review* XXXIV (1997) – pp. 25-39.

GOTLIB, Nádia Batella. *Clarice. Uma vida que se conta*. São Paulo: Ática, 1997.

Revista *A Época*. Nº 1. Rio de Janeiro: Faculdade Nacional de Direito. Volume: 1941-1944.

LISPECTOR, Clarice. *A legião estrangeira*. Rio de Janeiro: Editora do Autor, 1964.

________ *Correspondências. Clarice Lispector.* (Org.) Teresa Montero. Rio de Janeiro: Rocco, 2002.

________ *A bela e a fera*. Rio de Janeiro: Rocco, 1999.

________ *Para não esquecer*. Rio de Janeiro, Rocco, 1999.

________ *A descoberta do mundo*. Rio de Janeiro: Rocco, 1999.

________ *Um sopro de vida*. Rio de Janeiro: Rocco, 1999.

________ *Água viva*. Rio de Janeiro: Rocco, 1999.

________ *De corpo inteiro*. Rio de Janeiro: Rocco, 1999.

________ *Objecto gritante. Arquivo Clarice Lispector*. Arquivo-Museu de Literatura Brasileira. Fundação Casa de Rui Barbosa.

LISPECTOR, Clarice & SABINO, Fernando. *Cartas perto do coração*. Rio de Janeiro: Record, 2001.

MANZO, Lícia. *Era uma vez eu: A não ficção na obra de Clarice Lispector.* Juiz de Fora: Editora da Universidade Federal de Juiz de Fora, 2001.

MONTERO, Teresa. *Eu sou uma pergunta. Uma biografia de Clarice Lispector.* Rio de Janeiro: Rocco, 1999.

NUNES, Aparecida Maria. Clarice Lispector: Jornalista. (Mestrado em Literatura Brasileira.) São Paulo, Faculdade de Filosofia, Letras e Ciências Humanas da Universidade de São Paulo, 1997.

PESSANHA, José Américo Motta. Itinerário da paixão. *Cadernos Brasileiros* RJ, maio-junho, 1965.

SOUSA, Carlos Mendes. *Clarice Lispector: figuras da escrita*. Universidade do Minho/Centro de Estudos Humanísticos, 2000.

VARIN, Claire. *Clarice Lispector. Rencontres brésiliennes.* Québec: Éditions Trois, 1987.

VIANNA, Lúcia Helena. Tinta e sangue: o diário de Frida Kahlo e os quadros de Clarice Lispector. *Revista Estudos Feministas*, vol. 11, nº 1, Florianópolis/jun. 2003.

AGRADECIMENTOS

Agradecemos a todos que colaboraram
na realização deste livro, com preciosas
sugestões e informações:

Affonso Romano de Sant'Anna, Eliane Vasconcelos,
Fauzi Arap, Maria Amelia Mello e Marina Colasanti.

Este livro foi impresso na Editora JPA Ltda.,
Av. Brasil, 10.600 – Rio de Janeiro – RJ,
para a Editora Rocco Ltda.